Édith Piaf

Stan Cuesta

Édith Piaf

Collection dirigée par Philippe Blanchet

© E.J.L., 2000

Préface
par François Hadji-Lazaro

Dors, Édith, dors...

« Respect », me dit Jeannot en levant la paume de la main.
Oui, c'est sûr, Édith Piaf, on ne va pas lui taper sur le ventre pour rigoler. Mais, bon... Moi, ce ne serait pas par manque de respect pour elle que je le ferais, mais plutôt pour éviter d'en rester juste à l'image un peu « pailletée », collée à cette si grande chanteuse et par extension à toute une période de l'histoire de la chanson française. Alors que Édith, si on la renifle, avec l'oreille (c'est rare de renifler avec l'oreille), on sent des odeurs naturelles, simples et belles, persillées d'une poésie beaucoup plus forte qu'elle n'y paraît à la première sensation.

Alors, pas taper fort, d'accord, frotter juste un peu le ventre et souligner le nombril pour lui dire :
— « Édith, avec nous tu peux baisser la garde, ici tu n'es pas obligée par ton moite imprésario de jouer le rôle de "l'Artiste", tourelle adulée dans les sphères établies, ou celui poussé par la presse de la petite fille du peuple avec les genoux fripés. »
— « Édith, avec nous tu parles de ce dont tu as envie, la

météo ou la couleur du papier peint, on attendra bien le milieu de la nuit et les verres fatigués pour chialer tes chansons si belles et demain matin on lira ensemble ta biographie devant le café/croissant. »

Mais Édith, elle s'est vite endormie sur la table, un œil un peu fripé sur son bras et une petite fissure – un sourire aux lèvres.

On s'est tus et on a eu beau essayer de s'en empêcher, on a tout revu en sépia dans nos têtes, les images... avec le sourire du roi de la boxe, la foule chaleureuse devant la silhouette si menue, le microphone d'antan qui vibre et les fleurs sur la scène...

Et puis son regard à elle, qui traduit le langage « piafien » : « Mais qu'est-ce que je fous là ? Comment tout ce public a réussi à aimer si fort ma voix particulière ? À en faire leurs joies, leurs plaisirs ? »

Il n'en existe quasiment pas, des exceptions comme Piaf. Certains artistes ne sont restés dans les mémoires qu'exclusivement symboles de modes, différence marquée ou cas particulier. Elle, elle a réussi à mélanger toutes ces facettes, ce qui lui mettait d'office la couronne de Reine incontestée sur la tête, mais en plus... ou en moins, ou à part... elle a réussi à rester une femme vivante, fragile, qu'on peut toucher.

— « Voilà, c'est ça, c'est ça !!! Quand elle chante même sur disque, on peut la toucher ! »

— « T'énerve pas, me dit Jeannot, tu vas la réveiller. »

— « C'est vrai, il faut qu'on la laisse dormir éternellement. »

Alors, on l'a laissée ronronner, on est allé essuyer les verres au fond du café.

Dors, Édith, dors...

François HADJI-LAZARO

Prologue

Le 18 décembre 1999, les résultats d'un sondage CSA réalisé pour *Le Parisien* et la Cinquième indiquent que, pour 54 % des Français, Édith Piaf est la « chanteuse du siècle », très loin devant Céline Dion (26 %), Maria Callas (19 %), Barbara et Tina Turner (15 %). L'écart est suffisamment spectaculaire pour être significatif : plus de trente-cinq ans après sa mort, Piaf reste de très loin la chanteuse préférée des Français.

Mais ce qu'il ne faut pas oublier, en cette époque de *French Touch* où l'on découvre un peu surpris que la musique française peut s'exporter, c'est que Piaf fut une immense vedette mondiale. Avant elle, Maurice Chevalier avait plu aux Américains par son côté typique, tellement en accord avec l'image que ces derniers se faisaient de la France et de Paris, mais avec Édith Piaf, ce fut autre chose. Elle était *différente*, à tel point que sa première série de concerts à New York fut un échec : elle n'était pas du tout en phase avec l'image de la Parisienne véhiculée outre-Atlantique, grande, belle et sophistiquée. Les Américains virent débarquer une toute petite bonne femme tragique et terriblement populaire, au sens propre, munie d'une voix à faire trembler le monde entier, même quand celui-ci ne comprenait pas un traître mot de ce qu'elle racontait. Et ce fut le déclic. De la chanteuse des rues parigote, ancrée dans la tradition pesante de la chanson réaliste (qui appartenait déjà au passé), elle était tout d'abord devenue une grande dame de la chanson française. Mais à la fin des années quarante, elle devint LA chanteuse. On ne mesurait plus alors son talent en le comparant à celui de ses rivales des débuts (Damia, Fréhel, Marie Dubas et quelques autres), mais bien en la plaçant tout là-haut, avec les voix, au firmament des chanteurs ou chanteuses (le sexe n'a plus d'importance à ce niveau) d'exception, ceux qui provoquent chez l'auditeur un frisson et une émotion incomparables et irréfléchis, les Mahalia Jackson, Billie Holiday ou Frank Sinatra.

Bien sûr, elle avait un don, quelque chose d'impalpable, qui ne la quittera jamais, même dans les dernières années de sa vie quand, à bout de forces, elle réussissait encore à tétaniser un public venu voir un naufrage attendu qui n'arriva jamais. Mais l'étude de sa vie nous montre aussi une autre Piaf, celle dont se souviennent ses amis et collaborateurs : un monstre de travail et de volonté, une bosseuse acharnée, usant pianistes, compositeurs, arrangeurs et autres chanteurs tout au long de nuits insensées, répétant douze heures de suite le même morceau pour en extraire ce quelque chose en plus, indéfinissable, qui fait qu'aujourd'hui ses disques n'ont toujours pas pris une ride.

Car on n'écoute pas Piaf en l'an 2000 comme un souvenir, le témoignage d'un passé révolu ou pour y trouver une nostalgie quelconque. On n'écoute pas Piaf au second degré, un sourire amusé aux lèvres, en se disant entre gens du monde que c'est exquis, tellement ringard que c'en est excellent (ça, c'est pour Maurice Chevalier, justement)... Non, on écoute Piaf parce qu'on n'a pas le choix. Parce que personne depuis sa mort ne nous a donné un frisson pareil. Parce qu'il est difficile d'écouter quelqu'un d'autre après avoir entendu

Milord, *Hymne à l'amour* ou *Non, je ne regrette rien*. Parce que tous les chanteurs, français ou autres, se font tout petits devant elle. Parce qu'ils sont effectivement tout petits. On écoute Piaf comme on l'écoutera dans cent ans, dans mille ans : en pleurant, en riant, en aimant. En vivant.

Piaf était la vie et la chanson : pour elle, c'était la même chose. Elle n'a jamais cessé de chanter. Il a fallu qu'elle meure pour ça.

Bien sûr, ses frasques, ses hommes, ses maladies, ses excès, sa mort, tout cela a toujours constitué du pain bénit pour les journaux, les médias, les films et les nombreux livres qui lui ont été consacrés. Cela fait partie du folklore et on peut lire l'histoire de sa vie comme un roman. On peut aussi essayer d'y découvrir pourquoi Piaf était Piaf. Mais on ne découvrira rien. Il n'y a qu'une chose à faire : l'écouter et vibrer avec elle.

Ce livre ne sert à rien.

Lisez-le quand même.

Chapitre 1

Les premières années : Les Mômes de la Cloche

> *Sa vie a été si triste qu'elle en est presque trop belle pour être vraie.*
>
> Sacha GUITRY

Raconter la vie d'Édith Piaf, c'est transmettre une légende. Beaucoup d'épisodes en sont flous, embellis au cours des années par des témoins directs, voire par Édith elle-même, ou par des journalistes en quête de sensationnel. Lorsque des auteurs à vocation plus sérieuse tenteront de faire œuvre d'historiens, ils ne pourront finalement que bâtir des hypothèses, émettre des doutes concernant certains événements passés à la postérité, et finalement rester dans le vague.

Les premières années de la vie de la chanteuse se sont déroulées dans un Paris populaire, les témoignages oraux sont ce qu'ils sont, et on ne peut plus aujourd'hui découvrir grand-chose qui vienne confirmer ou infirmer cette légende.

Ainsi, on peut lire, devant l'immeuble du 72, rue de Belleville, dans le dix-neuvième arrondissement de Paris, sur une plaque en marbre tout à fait officielle (dévoilée en grande pompe en 1966 par Maurice Chevalier), l'inscription suivante : *Sur les marches de cette maison naquit le 19 décembre 1915 dans le plus grand dénuement Édith Piaf dont la voix, plus tard, devait enchanter le monde.*

Née dans la rue : pour une chanteuse populaire, c'est un début de légende parfait. Surtout si on ajoute : née sur la pèlerine d'un agent de police. C'est trop beau pour ne pas être imprimé (même s'il semble qu'elle soit née à l'hôpital Tenon).

Sa mère se nomme Annetta Giovanna Maillard, elle est née le 4 août 1895 à Livourne, en Italie, d'un père français et d'une mère d'origine kabyle, dresseuse de puces. Annette vend des nougats et, à l'occasion, chante, sous le nom d'artiste de Line Marsa. À dix-neuf ans, elle rencontre à Paris Louis Alphonse Gassion, contorsionniste, trente-trois ans, un mètre cinquante-quatre, quarante kilos, mais beaucoup de charme. Ils se marient au tout début de la guerre, le 4 septembre 1914, à Sens, où Louis est caserné.

Édith Giovanna Gassion naît de cette union l'année suivante. Son père est à la guerre et sa mère court les rues et le cachet, comme « artiste lyrique ». C'est donc sa grand-mère, Aïcha Maillard, qui garde Édith chez elle, rue Rébeval, dans des conditions plus que précaires.

Il semble qu'à l'occasion d'une permission, Louis Gassion, inquiet de cet état de fait, alerte sa propre mère, Louise Léontine, dite maman Tine, et lui demande d'emmener Édith chez elle à Bernay, dans l'Eure.

Ici la légende s'enrichit encore : maman Tine, ou plutôt Mme Louise, y est en effet tenancière de bordel ! C'est donc dans cette ambiance particulière, entourée de nombreuses « mères de substitution », qu'Édith va passer quelques années.

On dit même que le goût de la musique lui vint dans cet endroit, où trônait évidemment un piano.

Enfin, l'histoire est encore plus belle avec un miracle divin. Édith a des problèmes d'yeux (ce n'aurait été qu'une kératite), qui la rendent quasiment aveugle pendant quelque temps. Voici donc les filles de la maison parties en procession dans la ville proche de Lisieux, pour y prier la fameuse sainte Thérèse. Et ça marche : Édith retrouve la vue.

Au bout de quelques années, Louis Gassion reprend sa fille, peut-être sous la pression populaire d'enseignants et de curés normands qui désapprouvaient le fait qu'elle grandisse dans une maison close. Il est à l'époque engagé dans un cirque itinérant, le Caroli. Dans son autobiographie (romancée, récrite, etc.), *Au bal de la chance*, Édith Piaf raconte : « Je vivais dans la caravane, je faisais le ménage, je lavais la vaisselle, ma journée commençait très tôt et elle était dure, mais cette vie itinérante avec ces horizons toujours renouvelés me plaisait. »

Plus tard, le père et la fille voyagent seuls. Louis se produit en solo, bonimentant en même temps le public : « Maintenant la petite fille va passer parmi vous pour faire la quête. Ensuite, pour vous remercier, elle fera le saut périlleux ! » Elle ne le fait pas, bien sûr, jusqu'à ce qu'un jour un spectateur mécontent l'exige. Louis invoque alors une maladie de l'enfant pour l'excuser et propose, pour se faire pardonner, qu'Édith chante. Si l'on en croit Édith, c'est une première : « Je n'avais jamais chanté de ma vie et je ne savais pas la moindre chanson. Je ne connaissais que *La Marseillaise*. Et encore ! Le refrain seulement ! (...) Alors, bravement, de ma voix encore frêle et haut perchée, j'ai entonné *La Marseillaise*. Les bonnes gens, touchés, ont applaudi et sur un signe discret du paternel j'ai fait la quête une seconde fois. »

Au vu de ce « succès », Louis décide de terminer tous ses spectacles par une chanson d'Édith, qui apprend donc des rengaines de l'époque comme *Nuit de Chine* ou *Voici mon cœur.*

Entre dix et quinze ans, Édith alterne ainsi des tournées avec son père et des périodes où ils vivent à Paris, on ne sait trop où. C'est dans la capitale qu'elle revoit un jour sa mère, toujours chanteuse dans des beuglants, et découvre son frère, Herbert Gassion, né le 31 août 1918 à Marseille, qui a passé pas mal de temps à l'Assistance publique, pendant que Line Marsa était en tournée en Turquie. Louis Gassion et elle étant toujours mariés, il était réputé être le père d'Herbert, ce qui n'est probablement pas le cas.

Si nous ne savons pas grand-chose de cette époque, c'est aussi que nous ne sommes pas beaucoup aidés par les souvenirs d'Édith elle-même. Ainsi Henri Contet, qui sera son parolier et son amant au début de la guerre, déclarera-t-il plus tard : « Ses souvenirs d'enfance ne ressemblaient pas à de vrais souvenirs. Je ne dis pas qu'elle les inventait, mais ils me paraissaient parfois fabriqués. On n'y croyait pas. » Il ajoutera même : « Plus généralement, elle aimait à répéter ce qu'elle entendait, ce qu'elle lisait de sa jeunesse, de son enfance. »

En 1929, Louis Gassion divorce, puis il se remarie l'année suivante. En 1931 naît Denise, la demi-sœur d'Édith. Les deux sœurs se retrouveront et seront par la suite assez proches malgré leurs quinze ans d'écart, lorsque Édith sera devenue une grande vedette.

C'est vers la même époque qu'Édith rencontre celle qui sera sa meilleure amie d'adolescence, Simone Berteaut, dite « Momone ». En 1969, six ans après la mort de Piaf, elle écrira un livre sur Édith, qui deviendra un best-seller. Malheureusement, cet ouvrage est loin d'être fiable. Momone s'y donne le beau rôle, celui de confidente et de meilleure amie de la chanteuse, quasiment présente tout au long de sa vie. De mensonges plus ou moins conscients en embellissements de la réalité, elle récrira l'histoire, à l'indignation quasi générale de tous ceux qui ont côtoyé Piaf. Sa première affirmation douteuse met tout le reste de son récit en perspective : elle se présente comme la demi-sœur d'Édith, enfant naturelle de Louis Gassion, ce qui paraît bien peu probable...

Toujours est-il qu'en ce début des années trente, les deux jeunes filles (Simone a deux ans de moins qu'Édith) sont très proches. Édith a déjà commencé à chanter dans les cours, seule (on raconte aussi qu'elle fit partie d'un trio, Zizi, Zézette et Zouzou...), ramassant l'argent que lui envoient les gens de leurs fenêtres. Simone se met à l'accompagner dans ses virées. Elle lui affirme qu'il « faut être deux, l'une qui chante et l'autre qui quête. Sans ça, t'as pas l'air de travailler, t'as l'air de mendigoter ». Devant les réticences de la mère de Simone, Édith va même jusqu'à embaucher celle-ci « officiellement », rédigeant sur un bout de papier le contrat suivant : « Moi, Édith Giovanna Gassion, née le 19 décembre 1915 à Paris, habitant 105, rue Orfila, profession artiste, déclare engager Simone Berteaut pour une durée illimitée, logée nourrie, pour un salaire de quinze francs par jour. » Les quinze francs doivent bien évidemment être versés à la mère, ce qui sera le cas quelque temps, avant que les deux jeunes filles ne disparaissent plus ou moins dans Paris, vivant ici ou là (l'adresse rue Orfila est celle de l'hôtel de l'Avenir, où Édith habitera un certain temps).

En 1932, Édith rencontre Louis Dupont, dit P'tit Louis, garçon livreur, dix-huit ans. Rapidement, elle se retrouve enceinte de lui, et, le 11 février 1933, donne naissance à une petite Marcelle, dite Cécelle. Édith, qui avait abandonné la chanson de rues pendant sa grossesse, et même travaillé comme vernisseuse de chaussures, reprend son activité. « On enveloppait la gosse et on l'emmenait avec nous », écrira Simone.

Édith forme aussi un trio qui se produit dans les casernes de Paris et de la banlieue. C'est dans l'une de celles-ci qu'elle rencontre un beau garçon avec lequel elle a une aventure qui sera à la base de deux de ses premiers succès, *Mon légionnaire* et *Mon amant de la coloniale*.

Rien ne va plus avec P'tit Louis. Ils se séparent et, un jour, en rentrant à son hôtel où elle laissait sa fille pendant qu'elle allait chanter, Édith apprend que le père est venu chercher Marcelle. Elle ne fera rien pour la reprendre, trop accaparée par une vie erratique, entre la rue et quelques boîtes ou bals populaires où elle commence à se produire. À ce stade, sa vie ressemble étrangement à celle de sa mère : chanteuse sans succès et mauvaise mère. Jusqu'à l'emploi de pseudonymes, divers dans le cas d'Édith : après Miss Édith, elle s'appelle successivement Denise Jay, Huguette Hélia ou Tania... Ses modèles sont alors les grandes Damia et Fréhel, ainsi qu'Yvonne Georges ou Marie Dubas.

Elle fréquente les bars louches de Pigalle, et toute une faune de petits truands, casseurs, souteneurs, arnaqueurs et autres receleurs, ce qu'on appelle alors « le milieu ». Un jour, P'tit Louis réapparaît pour lui annoncer que Cécelle est à l'hôpital, gravement malade. Elle se précipite, mais sa fille meurt d'une méningite le 7 juillet 1935. La légende, toujours elle, veut qu'Édith se prostitue alors pour la seule fois de sa vie, afin de trouver les dix francs qui lui manquent pour payer l'enterrement, à Thiais, au cimetière des pauvres.

Édith n'aura jamais d'autre enfant, l'un de ses grands regrets, rarement avoué. Elle parlait très rarement de Cécelle, sauf à ses amis proches, et une grande tristesse semblait alors la submerger.

Dès lors, elle replonge de plus belle dans une vie de débauche et de fréquentations louches. Mais c'est justement peu de temps après ces moments tragiques que le destin lui sourit enfin.

Chapitre 2

Papa Leplée – La Môme Piaf

    Louis Leplée est un ancien artiste mais, blessé à la guerre de 14, il s'est reconverti en ouvrant avec succès son premier cabaret au sous-sol du Palace, puis par la suite le Liberty's Bar, place Blanche. On est alors dans les Années folles, le Tout-Paris s'amuse, et le monde de la nuit est en pleine expansion. En 1935, Leplée dirige un nouvel établissement, plus chic, le Gerny's, au 54, rue Pierre-Charron, dans les beaux quartiers. C'est à la fois un restaurant et un cabaret. Sa clientèle est constituée de vedettes et de personnalités comme Jean Mermoz, Joseph Kessel, Marcel Bleustein-Blanchet ou Maurice Chevalier.

    Rentrant chez lui à pied, il tombe un après-midi d'octobre sur Édith et Momone qui, ayant délaissé les quartiers populaires, sont en train de faire leur numéro à l'angle de la rue Troyon et de l'avenue Mac-Mahon. Bien leur en a pris car Louis Leplée se trouve fasciné par la voix d'Édith, l'aborde et lui demande de venir le lundi suivant à son cabaret pour lui chanter son répertoire.

Elle s'y rend, et il lui propose de chanter au Gerny's. Il garde quelques chansons populaires qu'elle interprète habituellement et lui en conseille d'autres : *Nini peau d'chien*, *La Valse brune* et *Les Mômes de la Cloche*, de Vincent Scotto, par laquelle elle commencera sa prestation.

C'est également lui qui lui trouve son nom. Il n'aime aucun de ses pseudonymes d'alors et veut quelque chose de bien parigot et populaire. Il choisit « la Môme Piaf » pour la connotation fragile qui va bien à son physique : Édith est en effet un tout petit bout de femme (elle mesure un mètre quarante-sept).

Le soir de ses débuts, il la présente lui-même ainsi : « Dans la rue, la voix d'une petite fille m'a pris aux entrailles. Elle m'a ému, elle m'a bouleversé et j'ai voulu vous la faire connaître. Elle n'a pas de robe du soir et si elle sait saluer c'est parce que je lui ai appris hier. Elle va se présenter à vous telle qu'elle était quand je l'ai rencontrée dans la rue, sans maquillage, sans bas, avec une petite jupe de quatre sous... Voici la Môme Piaf. »

Sa prestation est un succès, on dit même que Maurice Chevalier se serait exclamé : « Elle en a plein le ventre, la môme ! » Leplée félicite Édith : « Tu les as eus, tu les auras demain et tous les jours qui suivront. » Il commence alors à faire de la publicité autour de lui, et appelle entre autres un de ses amis, Jacques Canetti, animateur d'une émission très appréciée sur Radio-Cité, diffusée tous les dimanches et réservée aux jeunes espoirs de la chanson. Celui-ci se rend au Gerny's et la chanteuse produit sur lui « un effet extraordinaire. La voyant si chétive, de si mauvaise santé, on se disait qu'elle pouvait mourir. Or elle chantait avec une telle force, une telle chaleur ! C'était vraiment surprenant... ». Résultat, le 26 octobre 1935, la Môme Piaf participe à sa première émission de radio. Elle chante quatre chansons : le standard téléphonique est encombré pendant des heures. Tout le monde veut savoir qui est cette fille. Elle signe un engagement pour treize dimanches de suite !

Il se trouve que Canetti est aussi producteur pour la maison de disques Polydor. Le 18 décembre, Édith est en studio pour sa première séance d'enregistrement. Elle y chante *Les Mômes de la Cloche*, *La Java de Cézigue* et *Mon apéro*, accompagnée par les accordéonistes Médinger, ainsi que *L'Étranger*, accompagnée au piano par Walter Joseph. Cette chanson a une histoire particulière.

À l'époque, les chanteurs doivent courir les éditeurs pour trouver des chansons. Ceux-ci réservent bien sûr les meilleures aux grandes vedettes que sont alors Damia, Fréhel, Suzy Solidor, Marie Dubas ou Annette Lajon. Les interprètes moins connus doivent se contenter de ce qui reste... Piaf passe ses journées d'éditeur en éditeur et elle est traitée avec une certaine condescendance (quand elle n'est pas totalement ignorée).

Maurice Decruck est un des premiers éditeurs à la prendre au sérieux. Un jour qu'elle se trouve chez lui, à la recherche d'une chanson qui lui plaise, arrive Annette Lajon, une vedette. Elle, une chanson l'attend : c'est *L'Étranger*, qui lui est réservée. Elle l'essaie sur-le-champ : Édith est bouleversée, il la lui faut. Alors, elle compliment sa rivale, lui demandant de rechanter (plusieurs fois, semble-t-il) cette si belle chanson. Pendant ce temps, ses neurones enregistrent paroles et musique à toute vitesse et, le soir même, elle la chante au Gerny's... C'est un grand classique : trente ans plus tard, deux jeunes Anglais, Mick Jagger et Keith Richards, procéderont de même lors de visites « de courtoisie » à des éditeurs new-yorkais...

Annette Lajon n'en voudra pas trop longtemps à Édith de ce vol et, pour cette dernière, ce sera une étape importante : la musique de *L'Étranger* est signée Robert Juel, qui deviendra son accordéoniste, et Marguerite Monnot, qui deviendra son amie et sa compositrice attitrée pendant de longues années.

Née en 1903 à Décize, Marguerite reçoit très jeune des leçons de piano de son père organiste aveugle et devient une sorte de prodige de l'instrument : remarquée par Camille Saint-Saëns, elle devient à quinze ans l'élève d'Alfred Cortot et de Nadia Boulanger. À dix-huit ans, elle est une des meilleures interprètes de Chopin et de Liszt. Mais une maladie va la détourner d'une carrière de concertiste toute tracée. Elle commence alors à écrire des chansons pour tromper l'ennui et très vite son talent exceptionnel lui vaut une certaine reconnaissance. La qualité de ses compositions, que Piaf chantera presque toute sa vie, ne doit pas être sous-estimée dans le succès de cette dernière.

La carrière de la Môme Piaf démarre sur les chapeaux de roue : outre la scène, la radio et les disques, elle tourne aussi au cinéma, dans *La Garçonne* de Jean de Limur, où elle apparaît le temps d'une chanson, *Quand même*, de Jean Wiener. Elle est également à l'affiche du Vél' d'Hiv en décembre, et en février 1936 elle participe à un gala à Médrano, partageant l'affiche avec Maurice Chevalier, Mistinguett, Fernandel et Albert Préjean.

C'est vers cette époque qu'elle rencontre, par l'intermédiaire de Leplée, Jacques Bourgeat, un homme de lettres nettement plus âgé qu'elle, qui deviendra son ami, son confident et d'une certaine façon son maître. À sa demande, il lui écrit une chanson, *Chands d'habits* (contraction de marchands d'habits), qui tranche un peu avec le répertoire habituel de la Môme Piaf, essentiellement constitué de chansons populaires mineures, souvent à vocation comique, telles *La Java de Cézigue*, *Les Hiboux* ou *Il n'est pas distingué*. Ils resteront en relation jusqu'à la mort d'Édith. Jacques Bourgeat a confié l'ensemble de leur correspondance à la Bibliothèque nationale et celle-ci ne sera rendue publique qu'en 2004.

Une autre rencontre sera déterminante, mais pas immédiatement : celle de Raymond Asso, qui est, lui, auteur de chansons professionnel. Elle le voit une première fois lors d'une de ses nombreuses visites chez un éditeur. Mais le déclic ne viendra que plus tard.

Alors que sa carrière semble prendre un tour heureux, Édith traîne toujours dans le coin de Pigalle, parmi les petites frappes. Ces apaches ne sont pas autorisés à entrer au Gerny's, mais l'attendent souvent au café d'en face, jouant à fond leur rôle de « protecteurs », jusqu'à avoir des mots avec Leplée, obligé parfois de les remettre à leur place. Ce genre d'incident aura par la suite une résonance particulière.

Le matin du 6 avril 1936, après une soirée passée à chanter au Gerny's, elle appelle celui qu'elle surnomme « Papa Leplée » à son domicile. Une voix inconnue lui répond, lui intimant l'ordre de venir immédiatement. Arrivée rue de la Grande-Armée, elle est accueillie par la police : Louis Leplée vient d'être assassiné par quatre hommes armés. Édith est emmenée au poste en garde à vue. Elle y restera quarante-huit heures.

En effet, après avoir étudié les hypothèses d'un crime lié à une tentative de vol, puis à une affaire de cœur (Leplée était homosexuel et ne s'en cachait pas), la police se rabat rapidement sur la piste qui mène aux fréquentations de la Môme Piaf... Harcelée, elle se voit obligée de révéler les noms de ses « amis », ce que certains ne lui pardonneront pas. L'enquête n'aboutira jamais, mais la presse fera ses choux gras de l'affaire et ne fera aucun cadeau à Édith, sa popularité naissante en faisant alors une victime de choix.

La suite se devine aisément : la plupart de ses nouveaux amis dans le monde du spectacle lui tournent le dos, sa réputation devient sulfureuse, et les engagements se tarissent. Le beau rêve tourne court.

C'est elle-même, dans ses Mémoires, qui fera le compte des amis qui lui restent alors : « Jacques Bourgeat, l'accordéoniste Juel, Jacques Canetti, la déjà fidèle Marguerite Monnot, Raymond Asso que je connaissais depuis peu et la blonde chanteuse Germaine Gilbert, ma camarade du Gerny's. »

Elle retrouve des engagements dans des boîtes de Pigalle, de nouveau au bas de l'échelle, d'autant plus que le public vient plutôt voir la protagoniste de « l'affaire Leplée » que la chanteuse : « Nul ne faisait attention aux paroles de mes chansons. J'aurais chanté des psaumes, je me demande si quelqu'un s'en serait aperçu. »

Deux hommes, rencontrés grâce à Canetti (qui continue de la faire enregistrer), vont pourtant l'aider à trouver des engagements : Fernand Lumbroso (futur directeur du théâtre Mogador, alors jeune imprésario) et son associé Yves Bizos. Grâce à eux, la Môme va continuer de chanter sur scène, à Paris et en province lors d'une tournée qui dure jusqu'à l'été, puis en Belgique.

Édith a également retrouvé son amie Momone, pour le meilleur et pour le pire, celle-ci lui procurant un agréable réconfort, mais l'entraînant dans une vie de bringues peu propices au travail sérieux.

En décembre 1936, elles sont à Nice pour une série de concerts d'une durée de cinq semaines. La situation n'est pas brillante, elles ont tout juste de quoi vivre et les perspectives d'avenir sont plutôt minces. Édith n'en mène pas large et c'est sans doute ce qui la pousse à écrire à Raymond Asso une lettre qui ressemble à un appel au secours.

Chapitre 3

Raymond Asso - Mon légionnaire

> *Rock & Folk :* Quels sont vos *songwriters* préférés ?
> Jeff Buckley : Nick Cave, James Brown. Raymond Asso...
>
> (Atlanta, été 1994)

> *Je suis né avec elle, je sais aussi que je l'ai enfantée. Je savais que je fabriquais quelque chose de monumental.*
>
> Raymond Asso

À sa première lettre, dans laquelle elle lui demande des chansons, Asso répond : « Je n'ai pas de chansons pour toi, et je n'en ferai pas tant que tu ne changeras pas ta manière de vivre et de travailler ! » En janvier 1937, rentrée à Paris, la Môme Piaf se fait plus pressante, elle lui téléphone : « Raymond, je suis perdue ! (...) Sauve-moi sinon je suis obligée de retourner à la rue. Je ferai ce que tu veux. Je t'obéirai, je le jure, mais occupe-toi de moi, entièrement !... »

Cette fois-ci, il lui répond : « Il y a un an que je t'attends ! Prends un taxi et arrive ! »

Asso va entreprendre un réel travail de reprise en main et façonner la chanteuse que l'on connaît aujourd'hui. Cette collaboration exclusive va durer plus de deux ans et, comme souvent avec Édith, le partenaire de travail sera également le nouvel homme de sa vie.

Elle a déjà enregistré un titre du parolier (*Mon amant de la coloniale*) et, le 28 janvier, aux studios Polydor, elle grave *Le Contrebandier*, *Le Fanion de la Légion* et surtout *Mon légionnaire*, qu'elle avait déjà chantée, puis abandonnée, mais qu'elle reprend après qu'Asso l'eut offerte à Marie Dubas, alors au faîte de sa gloire...

Cette inspiration résolument « coloniale » s'explique par l'histoire personnelle de Raymond Asso. Né le 2 juin 1901 à Nice, il part à quinze ans pour le Maroc, avant de s'engager à dix-huit dans les spahis, puis de suivre l'armée d'Orient en Turquie et en Syrie. De retour à la vie civile à Paris en 1923, il exerce une multitude de petits métiers pendant dix ans, avouant même avoir été contrebandier... À plus de trente ans, il se lance dans l'écriture de chansons.

Quand Piaf se place sous sa protection, il s'attelle avec un grand sérieux à son œuvre de Pygmalion. Il dira plus tard : « Tout était à faire. » Il est très sévère avec la Môme Piaf : « Les bras et les mains sont inertes, ou répètent sans cesse le même geste, le corps est raide, figé, sans vie, elle écorche les mots et dénature les consonances les plus élémentaires, elle chante magnifiquement des phrases dont elle ne comprend pas le sens. »

Sa première préoccupation, c'est de la couper de son entourage « malsain ». Première victime : Momone, qui rentre chez sa mère, trouve un travail et finit même par se marier. Puis les « amis » de Pigalle. Le couple s'installe dans un quartier tranquille, en bas de Montmartre, à l'hôtel Alsina, 39, avenue Junot. Les visiteurs indésirables sont éconduits, jusqu'au propre père d'Édith... Par la suite, Asso rencontrera régulièrement ce dernier dans un café pour lui verser une petite « pension ». Il impose à Édith une discipline de fer et une hygiène de vie totalement nouvelle pour elle : il lui apprend à manger, à s'habiller, la fait lire, lui donne même des devoirs et, bien évidemment, lui fait travailler sa voix.

Parallèlement, il s'attaque à l'écriture de son nouveau répertoire, tandis qu'Édith chante dans divers cabarets. La première récompense arrive assez vite : la chanteuse est engagée, grâce au forcing d'Asso, dans une salle prestigieuse, l'ABC. Elle y chante, comme prévu au contrat, cinq chansons. Mais le public est conquis et en redemande : le directeur de la salle s'incline et elle interprète *Mon légionnaire*. C'est un triomphe, relayé le lendemain par l'ensemble de la presse parisienne. La machine est en route. Elle part alors en tournée dans toute la France, jusqu'à l'automne, non sans avoir enregistré le 24 juin 1937 quatre titres de Raymond Asso aux studios Polydor. Dès lors et jusqu'au 31 mai 1939, elle n'enregistrera plus que des compositions de son parolier exclusif : une demi-douzaine de séances où sont généralement mises en boîte quatre chansons ! Parmi celles-ci, plusieurs deviendront des classiques, comme bien sûr *Mon légionnaire* et *Le Fanion de la Légion*, qu'elle réenregistre, mais aussi *Paris-Méditerranée*, *Browning* (qu'il écrit, comme souvent, après lui avoir fait raconter sa vie, en l'occurrence à propos de l'assassinat de Leplée) ou le sublime *Je n'en connais pas la fin*.

Rentrée à Paris, la véritable consécration de Piaf a lieu à

partir du 19 novembre 1937 : elle est engagée pour deux semaines à l'ABC (avec Mireille en vedette). C'est alors une véritable renaissance, puisque ces dates la voient se produire sous son nouveau nom de scène : Édith Piaf.

Le « môme » a été abandonné, sous la pression de Raoul Breton, son éditeur, et de sa femme, qui ont convaincu Asso. Encore une fois, la presse se fait l'écho de son succès : « La Môme était charmante (...). Mais Édith Piaf, c'est une artiste, une grande artiste », peut-on lire dans *Le Journal* du 26 novembre 1937.

Suivent alors tournées, émissions de radio, enregistrements, et de nouveau l'ABC du 15 avril au 5 mai 1938, en vedette américaine (l'artiste qui passe juste avant l'entracte précédant la tête d'affiche) de Charles Trenet, puis l'Européen du 10 au 16 juin. Cet été-là, elle part en tournée à travers la France, la Suisse et la Belgique. Édith est épuisée par tout ce travail, aussi Asso l'emmène-t-il se reposer quelque temps dans la Vienne, dans un château appartenant à la famille de son nouvel accompagnateur, Max d'Yresnes.

La rentrée sera tout aussi trépidante, avec un second engagement à l'Européen, suivi d'une nouvelle consécration, à Bobino cette fois, en octobre. Elle y est enfin la tête d'affiche et son répertoire, fait suffisamment rare pour être souligné, est constitué de douze chansons, toutes écrites par Asso. C'est une grande victoire pour le couple : en moins de dix-huit mois, Raymond Asso a élevé la chanteuse au rang de vedette.

La réussite leur donne des ailes et ils embauchent : Daniel Marouani, en tant qu'imprésario, ainsi que la future comédienne Suzanne Flon comme secrétaire, même si elle dira plus tard : « Raymond Asso désirait plus que je veille sur Édith que je ne m'occupe du secrétariat car, à cette époque, nous n'étions pas envahis de courrier. Édith n'était pas encore la grande Piaf. (...) Je tapais si mal à la machine qu'Édith me dédicacera une photo sur laquelle était écrit : Pour Suzanne qui ne tape pas très bien à la machine, qui n'est pas une très bonne secrétaire, mais que j'aime bien fort quand même ! »

C'est aussi à cette époque qu'Édith et Marguerite Monnot deviennent très proches. Cette dernière est en fait une des seules relations d'Édith acceptée par Asso, avec qui elle forme un tandem de composition assez exceptionnel.

La première moitié de l'année 1939 est menée à un train d'enfer : tournées, enregistrements, Bobino de nouveau (en mai), Édith construit son succès. Mais, parallèlement, son union avec Asso touche à sa fin. Leur couple bat de l'aile, Édith n'est plus vraiment amoureuse de lui et a envie de se libérer de son joug. Pourtant, elle lui semble toujours fidèle (selon Suzanne Flon), elle qui n'hésitera jamais à tromper les nombreux hommes de sa vie. Leur séparation, même si elle était inéluctable, sera finalement due à la guerre. En septembre 1939, Asso est mobilisé alors qu'il accompagne Édith à Deauville, où elle chante. Quelques jours plus tard, elle revient à Paris, pour découvrir une ville fantôme : les lieux de spectacle sont quasiment tous fermés et le resteront pendant trois semaines. Début octobre, elle rechante au Night-Club, un cabaret proche de l'Étoile. Elle écrit à Asso : « Ça marche très fort. *Je n'en connais pas la fin* dépasse tout ce que tu as fait jusque-là. Ce sera mon gros boum ! [...] Mistinguett voudrait la chanter. C'est fantastique le succès que j'ai : c'est plein à chaque représentation. »

Dans la même rue, à l'affiche d'un cabaret concurrent, l'Amiral, se produit un jeune chanteur débutant, fantaisiste au style pince-sans-rire : Paul Meurisse. Il chante en ouverture de Germaine Sablon, et se retrouve un soir dans la salle du Night-Club pour boire un verre : comme le reste du public, il est subjugué par la voix d'Édith. Après quelques péripéties à la Don Juan, il invite Édith chez lui et passe la nuit avec elle. Très vite, il se retrouve installé à l'hôtel Alsina : Piaf a, et aura toujours, besoin d'un homme dans sa vie, un régulier. Un matin, on frappe à la porte : c'est Raymond Asso, en permission. Meurisse s'enfuit par-derrière. Il racontera plus tard : « C'est la scène classique qui met en joie les spectateurs des théâtres de boulevard. Très drôle quand on la voit. Moins drôle quand on la vit. »

Le soir même, Asso le croise au bar de l'Amiral et lui demande une cigarette : « Vous fumez des Lucky, je crois ? » lui dit-il, avant de lui expliquer qu'un mégot peut parfois trahir un homme. Puis, très digne, il se retire. Son règne est fini.

Il restera pourtant un ami fidèle d'Édith, jusqu'à la mort de celle-ci. Il livrera par la suite beaucoup de ses souvenirs, parfois teintés d'amertume : « Jamais Édith ne fut aussi sublime que durant cette période, jusqu'en 1939, où elle n'avait qu'un petit orchestre pour l'accompagner, voire parfois seulement un pianiste. Par la suite, elle usera et abusera, avec une somptuosité qui touchait souvent à l'extravagance, de grands orchestres et de jeux de lumière sophistiqués. Ce n'était plus "ma" Piaf. Il nous a fallu deux ans pour mettre au point un tour de chant qui n'eut plus jamais son équivalent. »

De même, un an après la mort d'Édith, il s'adressera à elle au cours d'une émission de radio un peu grandiloquente : « Tu ne m'as plus jamais, jamais chanté. Cela m'a fait mal, bien sûr. J'attendais autre chose de toi et, matériellement, j'ai payé très cher de n'avoir travaillé que pour toi. »

Pourtant, leur union magique et fondatrice dépassera cette rancœur assez compréhensible, les unissant pour toujours au panthéon des grands de la chanson. Piaf elle-même savait ce qu'elle lui devait, qui lui écrira un jour, bien après leur séparation : « Les années que tu m'as consacrées ne sont qu'à nous. Jamais je n'oublierai et je reste pour toi ce que j'ai toujours été, avec le bon et le mauvais qu'il y a en moi... »

Chapitre 4

Les années de guerre - L'Accordéoniste

> Paul Giannoli : Les événements qui secouent le monde vous intéressent-ils ?
>
> Édith Piaf : Je dois dire à ma grande honte que je ne lis pas les journaux (...), donc je ne suis pas très au courant de ce qui se passe et de toute façon, même si je le suis, je ne peux rien changer. Alors quand on est... comment dirais-je, quand on ne sert à rien pour faire changer quelque chose, je pense qu'il vaut mieux éviter de le savoir, comme ça, on ne fait pas d'erreur, on ne se tourmente pas pour rien.
>
> *Paris-Presse* du 24 décembre 1960

Pour l'instant, la guerre ne préoccupe pas vraiment Édith. Elle déménage et s'installe dans un nouvel appartement avec Paul Meurisse. Leur couple est étrange : lui est aussi calme et distingué qu'elle est bruyante et peu portée sur les conventions. C'est une grande artiste, il n'est qu'un chanteur comique qui n'a pas encore trouvé sa voie (la comédie).

Asso « remplacé » dans son cœur, le plus important pour Édith est alors de le « remplacer » professionnellement. Mais les auteurs de ce calibre ne sont pas légion... Chose qu'on oublie souvent, Piaf était aussi auteur : elle commence à écrire à cette époque, des chansons généralement mises en musique par Marguerite Monnot, plutôt légères dans un premier temps, comme *Y en a un de trop* ou *Je ne veux plus laver la vaisselle* (inédit à ce jour, mais plus pour très longtemps...). Dès 1941, elle signera de véritables petits chefs-d'œuvre comme *J'ai dansé avec l'amour, Où sont-ils mes petits copains ?* (où l'on s'aperçoit que la guerre ne la laisse pas indifférente), *C'était un jour de fête, Un coin tout bleu* (une de ses toutes premières, qu'elle avait commencé à écrire deux ans plus tôt). En février 1944, quand elle passe avec succès l'examen d'auteur à la Sacem, elle a déjà composé une dizaine de chansons.

En attendant, elle va trouver l'oiseau rare : Michel Emer lui téléphone en février 1940, alors qu'elle répète pour un nouveau passage à Bobino. Elle le connaît un peu : les chansons de cet auteur compositeur (espèce alors assez rare) ne lui disent pas grand-chose. Elle se prépare à l'éconduire, mais il insiste. Il a une chanson pour elle. Il est mobilisé le soir même, son train part à minuit... Elle le reçoit avec ces mots : « Vous avez dix minutes, caporal Emer ! »

Il restera jusqu'à six heures du matin, ratant son train, à répéter cette chanson qui bouleverse Édith : *L'Accordéoniste*. Ce sera un des plus gros succès de Piaf, elle-même à l'origine de la fin dramatique de la chanson (l'orchestre s'arrête sur les mots « arrêtez, arrêtez la musique »). Le caporal restera encore quelques jours à Paris : on est au sens propre en pleine drôle de guerre.

Emer raconte : « Deux jours plus tard, elle créait *L'Accor-*

déoniste. J'étais dans la salle, enfoui dans mon fauteuil. Je n'en menais pas large... À la fin de la chanson, ce fut le délire. Elle fit monter sur scène "le soldat qui allait partir sur le front" et m'embrassa. Deuxième tonnerre d'applaudissements. Cette chanson est restée au répertoire d'Édith toute sa vie. »

Une autre rencontre, plus surprenante, va marquer cette année 1940, celle de Jean Cocteau. Poète et auteur dramatique coqueluche du Tout-Paris artistique, c'est lui qui voulait rencontrer Édith ! Ce sera chose faite, grâce à Raoul Breton. Piaf et Meurisse font la connaissance du grand homme. Entre Édith et Cocteau, c'est le coup de foudre, ils resteront amis toute leur vie (qui prendra fin le même jour...). Le poète vient ensuite la voir chanter et, dans la foulée, elle lui demande une chanson. Il ne la fera pas, mais à la place il lui écrit dans la nuit une pièce en un acte, *Le Bel Indifférent*. C'est une pièce pour deux acteurs, une femme (Édith) qui se plaint et harcèle son homme (Paul Meurisse) qui, impassible, lit son journal et ne prononce pas un mot. C'est peu dire que c'est du cousu sur mesure ! Ils vont la jouer aux Bouffes-Parisiens, au même programme qu'une autre pièce de Cocteau, *Les Monstres sacrés,* avec notamment Madeleine Robinson. Édith obtiendra même un sursis de six jours du ministre des Armées pour Meurisse, qui doit partir au front... Il sera ensuite remplacé et Édith jouera la pièce jusqu'en mai. Ce sera un succès et, pour ses débuts d'actrice, les louanges seront nombreuses, parmi lesquelles celles de Cocteau lui-même : « Piaf souffre, s'agite, se brise, nous émeut et nous oblige à éclater de rire. Parler seul en scène, une demi-heure, est un vrai tour de force. Elle l'exécute avec l'aisance des acrobates qui changent de trapèze en plein vol. »

En juin, c'est la capitulation et le début de l'occupation. Piaf recommence à chanter en juillet, dans le sud d'une France coupée en deux, où se sont réfugiés beaucoup de Parisiens.

En septembre, elle revient à Paris avec Meurisse et effectue sa rentrée à Pleyel le 28, salle « sérieuse » s'il en est, belle victoire pour une ancienne chanteuse des rues. Outre *L'Accordéoniste*, elle chante toujours une majorité de titres de Raymond Asso (ce qu'elle fera encore pendant presque deux ans).

Faut-il lui reprocher d'avoir continué de travailler ? « Mon vrai boulot, c'est de chanter. De chanter quoi qu'il arrive... » dira-t-elle un jour, dans un autre contexte. On peut toutefois y voir une réponse. Ajoutons qu'à cette époque elle chante *Le Fanion de la Légion* devant le drapeau français, les yeux fixés sur les officiers allemands qui trustent les premiers rangs, ce qui lui vaudra quelques ennuis à la Kommandantur.

En 1941, elle fait ses véritables débuts d'actrice au cinéma dans le film *Montmartre-sur-Seine,* écrit par André Cayatte et réalisé par Georges Lacombe, aux côtés de Jean-Louis Barrault, Denise Grey et... Paul Meurisse. Ce n'est pas un chef-d'œuvre, mais l'occasion de voir et d'entendre Piaf chanter quatre chansons dont elle a écrit les paroles (et Marguerite Monnot la musique).

Le couple Piaf-Meurisse est en train de se dissoudre (par lassitude, ou manque d'amour véritable, dira le futur « Monocle »). Le 30 septembre 1941, Édith part en tournée en zone libre avec son nouveau pianiste, Norbert Glanzberg, qui devient aussi son amant. Il est juif : ce séjour dans le Sud est pour lui une bénédiction. Plus tard, quand il ne pourra plus travailler, Édith l'aidera à se cacher. Cette tournée sera très longue : Piaf ne reviendra à Paris qu'en octobre 1942, pour effectuer sa rentrée à l'ABC et recommencer à enregistrer, toujours aux studios Polydor.

Entre-temps, un nouvel homme a remplacé Glanzberg dans le cœur de la chanteuse. Il s'appelle Henri Contet, il est journaliste et il a rencontré Édith sur le tournage de *Montmartre-sur-Seine*, dont il était l'attaché de presse. Avec Meurisse, de retour à la faveur d'une permission, ils ont même rejoué la scène de boulevard qui amena la rupture avec Asso. Sauf que Paul Meurisse a changé de rôle...

Henri Contet a déjà écrit quelques chansons, dont une pour Lucienne Boyer : il va naturellement devenir le nouveau parolier d'Édith, tout d'abord avec *C'était une histoire d'amour*, puis *Le Brun et le Blond*. Au début de 1943, elle les chante au Casino de Paris. Emer et Contet permettent enfin à Piaf d'oublier Asso et d'abandonner le répertoire de celui-ci. Elle fait même parfois changer des vers à son nouvel amant, quand elle trouve qu'ils font « trop Asso ». Contet expliquera la répartition des chansons de cette période : « À Michel Emer, les chansons d'inspiration et d'expression plutôt populaires. À moi, les textes un peu difficiles, avec une perche tendue dans le refrain pour que le public s'y retrouve quand même. »

En août 1943, Édith part en tournée chanter à Berlin pour les prisonniers français, avec d'autres artistes dont Charles Trenet. Elle y retournera en février 1944, cette fois-ci de son plein gré et seule, malgré l'avis de proches qui le lui déconseillent en raison des bombardements. Elle a depuis quelque temps une nouvelle secrétaire (une vraie, cette fois), Andrée Bigard. Celle-ci fait partie d'un réseau de résistance et une mission lui a été confiée : faire évader des prisonniers d'Allemagne. Pour cela, Piaf se fait prendre en photo avec un groupe de prisonniers. Au retour à Paris, les photos sont découpées, de fausses cartes d'identité sont fabriquées et passées à leurs destinataires lors d'un voyage suivant. Ceux-ci repartent avec l'orchestre accompagnant Édith, qui compte au retour plus de musiciens qu'à l'aller. La question, jamais vraiment tranchée, est de savoir si Édith participait activement à ces évasions (ce qu'affirme Andrée Bigard, qui insiste sur le grand courage de sa patronne) ou si la secrétaire se « servait » d'elle (ce que laissent entendre quelques-uns de ses amis de l'époque). On ne le saura vraisemblablement jamais, de même que le nombre de prisonniers évadés restera toujours sujet à discussion.

Henri Contet donnera dans ses souvenirs une analyse qui résume probablement assez bien les sentiments de Piaf : « Son rapport à la réalité de l'époque peut se résumer à deux choses : d'un côté une haine instinctive du Boche, de l'occupant ; de l'autre une absence presque totale de gêne par l'Occupation. »

De retour d'Allemagne en mars 1944, Édith apprend la mort de son père. Après l'enterrement, elle repart en tournée, en Belgique puis en province, donnant beaucoup de galas pour les déportés. Le débarquement, la libération de Paris, tout cela aura lieu tandis qu'elle fait ce qu'elle a toujours fait : chanter. Dans la frénésie de l'épuration, elle sera interrogée, car elle a chanté pour l'ennemi, mais sera blanchie de tout soupçon de collaboration, apportant la preuve qu'elle a aidé plusieurs de ses amis juifs à s'enfuir ou à se cacher, parmi lesquels Michel Emer et Norbert Glanzberg.

Chapitre 5

Yves Montand - La Vie en rose

> *Elle était consciente de sa valeur artistique, ce qui la rendait exigeante pour elle comme pour ses collaborateurs. Tout tournait toujours autour de son travail. En dehors du travail, rien ne semblait l'intéresser.*
>
> Marcel BLISTÈNE,
> réalisateur d'*Étoile sans lumière*

En août 1944, Piaf doit chanter au célèbre Moulin-Rouge. Mais un fantaisiste qui fait partie du spectacle est introuvable : il faut le remplacer. On lui conseille un jeune Marseillais de vingt-trois ans qui fait dans la chanson de cow-boys, un certain Yves Montand. Immédiatement, elle est charmée par l'homme, un peu moins par l'artiste, à qui elle déclare : « Pour l'instant, vous faites un énorme succès parce qu'on attend les Américains. Méfiez-vous, ça ne durera qu'un temps. Il vous manque de bonnes chansons vraiment françaises. Mais ne vous inquiétez pas. On vous les écrira. »

Elle tient parole, elle lui trouve des chansons, certaines de Loulou Gasté, d'autres de... Henri Contet. Un comble, puisque Yves est très vite devenu son amant ! Mais Contet ne l'apprendra « officiellement » qu'au début de 1945 et ne pourra pas faire grand-chose pour contrer son rival, car il est marié et n'a jamais quitté sa femme, ne vivant pas vraiment avec Édith. Il s'exécute donc, écrit pour Montand, lui donnant même une chanson destinée à Maurice Chevalier, *Ma gosse*, sur l'insistance de Piaf ! Elle-même met la main à la pâte et écrit pour son protégé. Elle le prend réellement en main, le fait travailler, répétant à sa façon avec lui ce qu'Asso a fait avec elle. C'est le début d'une longue série de chanteurs-amants qu'elle aidera de toute son immense énergie avant de les quitter et de les laisser voler de leurs propres ailes.

Ce ne sera pas toujours facile. Ainsi, Montand, qui avait obtenu un succès modeste mais prometteur avec son ancien répertoire, se fait siffler avec le nouveau pendant tous les concerts qu'il donne fin 1944. Le premier véritable triomphe du « nouveau » Montand a lieu le 9 février 1945 à Paris, sur la scène de l'Étoile, en vedette américaine d'Édith Piaf (qui n'interprète quasiment que des chansons d'Henri Contet). Ils resteront à l'affiche un mois, avant de partir en tournée.

Juste avant, le 6 février, la chanteuse a appris le décès de sa mère, de ce qu'on appelle aujourd'hui une *overdose*. Les deux femmes s'étaient revues, mais sans jamais devenir proches.

C'est aussi à cette époque qu'Édith recommence à enregistrer pour Polydor (tandis que Montand enregistre, lui, pour la première fois, pour la marque Odéon). De la fin août 1944 à mars 1945, Polydor, dont les capitaux sont allemands, avait été mise sous séquestre, les studios avaient été fermés et les artistes sous contrats n'avaient pu enregistrer. En mai 1945, Piaf enregistre cinq chansons d'Henri Contet, dont *Il riait* et

Regarde-moi toujours comme ça (musique de la fidèle Marguerite Monnot). En juin, elle grave *Escale* et le magnifique *De l'autre côté de la rue*, de Michel Emer. Ce seront ses derniers enregistrements pour cette firme.

1945 va être à bien des égards une année charnière dans la carrière d'Édith Piaf : elle va changer de maison de disques, écrire la chanson qui deviendra son plus gros succès international et rencontrer trois personnages clés de son entourage professionnel.

Mais tout d'abord, elle va jouer son plus grand rôle au cinéma. Entre fin juillet et début octobre, elle tourne *Étoile sans lumière*, écrit pour elle par Marcel Blistène qu'elle a rencontré en 1942. C'est l'histoire d'une vedette du cinéma muet (jouée par Mila Parely) qui risque de tout perdre avec l'arrivée du parlant, car sa voix est mauvaise (le cinéma parlant comptait plus, à ses débuts, sur les chansons que sur les dialogues pour s'imposer). Son imprésario découvre alors une fille un peu naïve employée dans un café de province qui possède une voix magnifique. La suite est une parabole sur le monde du show-business, ses trahisons, etc. Édith en est la vedette aux côtés de Jules Berry, Serge Reggiani et... Yves Montand, qu'elle a imposé à la production et au metteur en scène ! C'est peu dire que Montand doit beaucoup à Piaf : en plus d'avoir « transformé » le chanteur, elle lui fait faire ses premiers pas d'acteur...

En attendant la sortie du film, la consécration de Montand chanteur a lieu à l'Étoile, en octobre, où il passe en vedette, succédant à l'affiche à Piaf qui y a elle-même triomphé le mois précédent (avec de nouvelles chansons de Contet et d'Emer, ainsi que celles du film qu'elle a écrites sur des musiques de Marguerite Monnot).

Peu de temps auparavant, Piaf a découvert et engagé un musicien qui va jouer un rôle essentiel dans toute la suite de sa carrière. Il s'agit du pianiste Robert Chauvigny, musicien surdoué venu du classique. Enfant prodige dès trois ans, premier de tous les concours de piano, il se produit dans le monde entier à douze ans, dirigeant son propre orchestre à quinze... Il commence à accompagner Piaf à l'Étoile et ne la quittera plus, à la fois pianiste, directeur d'orchestre et arrangeur de la majorité de ses enregistrements et de ses concerts à venir.

Juste après l'Étoile, Édith se produit à l'Alhambra. À ses côtés, un autre musicien fait ses débuts, recommandé par Chauvigny, l'accordéoniste Marc Bonel, qui restera lui aussi son accompagnateur (et son ami) jusqu'à la fin. Il dira : « Au départ, Édith n'était pas très enthousiaste pour me prendre dans son orchestre. Pensez donc, je ne connaissais pas le solfège, je jouais d'oreille. Mais Robert, avec beaucoup de diplomatie, m'a imposé et appris toutes les chansons d'Édith. » Sa femme, Danièle, abandonnant sa carrière de danseuse, entrera elle aussi au service de Piaf, comme secrétaire.

Le troisième homme dont elle va s'attacher les services en ce mois de novembre 1945 s'appelle Louis (dit Loulou) Barrier. À l'époque, âgé de trente-six ans, il travaille à l'Office parisien du spectacle de Fernand Lumbroso et Yves Bizos, les deux agents qui avaient aidé Édith au moment de l'affaire Leplée. Loulou plaît à Piaf : elle lui propose tout de go de s'occuper de ses contrats. Terrifié, il commence par refuser. Mais quand Piaf a une idée en tête... Il finira par accepter, et restera l'imprésario-comptable-agent-homme à tout faire et ami de Piaf jusqu'à la mort de celle-ci : « La grande aventure commençait car Édith était déjà une grande vedette. (...) Édith ne m'a jamais signé de contrat de travail. Entre nous ce fut la confiance immédiate. »

Un après-midi de cette fameuse année 1945, Édith et Marianne Michel, une amie chanteuse, sont assises à la terrasse d'un café. Cette dernière se plaint de ne pas avoir de chansons et demande à Édith de lui en écrire une. Édith s'exécute : elle a un air en tête et écrit sur la nappe du restaurant quelques vers qui vont devenir *La Vie en rose*. La paternité (ou en l'occurrence la maternité) de cette chanson reste difficile à établir. Piaf soutient qu'elle en a écrit les paroles et la musique. Mais comme elle n'a pas passé l'examen de compositeur à la Sacem (obligatoire à cette époque), elle ne peut en signer la musique. Il lui faut donc un compositeur « prêtenom » pour la signer à sa place. Elle se tourne naturellement vers Marguerite Monnot, peu convaincue par la chanson, qui lui dit : « Tu ne vas pas chanter une niaiserie pareille ? » Il semble que Robert Chauvigny, à qui elle demande la même chose, fit lui aussi preuve de peu de flair, lui répondant qu'il ne « signait pas de saucissons »... On peut être un grand musicien et se tromper. C'est finalement Marcel Louiguy, un de ses amis de longue date, qui l'a fréquemment accompagnée au piano et qui lui a écrit les musiques de *C'est un monsieur très distingué*, du *Vagabond* et du *Coup de grisou* (entre autres), qui en signera la musique. Il n'aura pas à s'en plaindre : c'est depuis plus de cinquante ans une des chansons les plus jouées et reprises au monde !

Louiguy prétendra, lui, avoir commencé l'écriture de *La Vie en rose* avec Édith l'année précédente, et Robert Chauvigny, quant à lui, déclarera en avoir achevé la musique... Ajoutons pour être complet que Marianne Michel avait changé « Je vois les choses en rose » en « Je vois la vie en rose », et que Contet lui avait fait repousser cette phrase en fin de couplet, alors qu'Édith commençait initialement la chanson par elle !

Quoi qu'il en soit, la chanson qu'Édith n'enregistrera à son tour que l'année suivante sera un immense succès, le titre que l'on associe naturellement au nom de Piaf partout dans le monde.

En décembre 1945, au Club des Cinq où elle se produit, Piaf fête ses trente ans ainsi que ses dix ans de carrière. Elle a fait du chemin depuis Leplée, pourtant il lui en reste encore à parcourir pour arriver au sommet de sa gloire.

Montand aussi est en train de devenir une vedette, mais il doit encore beaucoup à Édith, qui vient de l'imposer à Marcel Carné pour le tournage des *Portes de la nuit*, son premier grand rôle. Le 3 avril 1946, ils assistent ensemble à la première d'*Étoile sans lumière*, bien accueillie par la critique. Mais l'époque Montand touche à sa fin. Édith part en tournée en province avec un groupe de huit chanteurs qu'elle a déjà croisé, les Compagnons de la Chanson.

Ils chantent (magnifiquement) un répertoire un peu boy-scout et Édith, peu convaincue, se prend de nouveau au jeu : elle va les aider à passer à la vitesse supérieure. Un musicien, Gilles (de son vrai nom Jean Villard), lui a proposé une chanson, *Les Trois Cloches*. Elle est persuadée que celle-ci est faite pour les Compagnons et n'aura de cesse de leur faire chanter. Eux ne sont pas très chauds et refusent. Elle leur propose alors de la chanter avec eux : coincés, ils acceptent. La création aura lieu au Club des Cinq, le 11 mai 1946 : c'est un succès.

Piaf chante sans arrêt sur scène, mais elle recommence aussi à enregistrer. Une des premières négociations menées par Louis Barrier a abouti : Piaf a signé un contrat avec la marque Pathé-Marconi, alors filiale de Columbia, aujourd'hui appartenant à EMI. Pour sa première séance, le 23 avril, elle enregistre trois titres du film *Étoile sans lumière*, signés Piaf-Monnot. Entre juin et octobre 1946, elle enregistrera cinq titres avec les Compagnons de la Chanson (dont *Les Trois Cloches*) ainsi que *Le Petit Homme* (de Contet-Monnot) et l'excellent *J'm'en fous pas mal*, de Michel Emer, qui mélange valse et arrangements jazzy.

Le 16 mai au palais de Chaillot, Piaf donne un concert

exceptionnel, accompagnée d'un orchestre de soixante musiciens et chœur. Elle est introduite sur scène par un comédien lisant un texte lyrique de Jean Cocteau qui deviendra célèbre : « Regardez cette petite personne dont les mains sont celles d'un lézard des ruines (...). Et voilà qu'une voix qui sort des entrailles, une voix qui l'habite des pieds à la tête déroule une haute vague de velours noir. Cette vague chaude nous submerge, nous traverse et pénètre en nous... »

Chapitre 6

Marcel Cerdan - Hymne à l'amour

> — Est-ce que, vous, vous vous êtes dit : « Cette fois, cet amour-là, c'est pour toute la vie ? »
> — Oui. De bonne foi, oui. Ça a été vrai une fois. Vous comprenez de qui je parle ? Il ne faut pas le nommer, et pourtant tout le monde le sait. Mais j'aime mieux qu'on ne le nomme pas. Lui, comme moi, il était vrai. Loyal. Alors ça a été merveilleux. Évidemment le sort a voulu que ça ne dure que deux ans et demi, mais je suis sûre que s'il avait vécu, ça aurait duré toute la vie. Lui, c'était un homme.
>
> Interview parue dans *Marie-Claire*, juin 1962

Édith emménage dans un nouvel appartement, 26, rue de Berri. Montand, l'apprenant, veut l'y rejoindre : elle lui en refuse l'entrée. Il en restera longtemps sonné. Leur histoire est finie, elle l'a décidé. Après un amant de passage, Piaf entame une nouvelle liaison, avec Jean-Louis Jaubert, le « chef » des Compagnons de la Chanson. Après une tournée d'été, elle effectue sa rentrée à Paris avec eux, au théâtre de l'Étoile, où elle interprète pour la première fois *La Vie en rose*, qu'elle enregistre enfin en janvier 1947. Ils partent ensuite pour une longue tournée, en France et dans toute l'Europe. En février, elle enregistre sept titres à Bruxelles, pour la marque Decca, dont *Sophie*, qu'on retrouvera dans *Neuf garçons et un cœur* qu'elle tournera en septembre avec les Compagnons. Ce film vaut surtout par son aspect historique et les chansons qu'il contient. C'est également en 1947 qu'elle découvre un duo, Roche et Aznavour, qu'elle emmène aussi sur les routes.

Mais la grande affaire de cette fin d'année, c'est la signature par Louis Barrier d'un contrat pour le Playhouse Theatre à New York. Piaf à Broadway ! Le départ a lieu le 10 octobre 1947 sur le *Queen Mary*. Édith est bien accompagnée, puisque sont du voyage : les Compagnons, qui partageront l'affiche avec elle, Loulou Barrier, Marc Bonel, Robert Chauvigny, Michel Emer et Irène de Trébert, égérie du mouvement zazou et nouvelle amie de Piaf.

À peine arrivée, elle rencontre le couple de chanteurs Jacques Pills et Lucienne Boyer, qui la présentent à leur ami, le boxeur Marcel Cerdan.

Elle chante du 30 octobre au 6 décembre au Playhouse, mais le succès n'est pas au rendez-vous. Le public américain préfère les Compagnons de la Chanson et semble dérouté par cette chanteuse qui ne correspond pas à leur image de la petite femme du « gai Paris ». C'est l'échec et il s'en faut de peu qu'elle ne rentre en France. Mais grâce à un critique réputé et influent qui, lui, a été touché, elle obtient un nouvel engagement dans une autre salle, le Versailles, habituée à programmer des chanteurs français.

Cette fois, ce sera le succès. Elle y chante huit semaines, de janvier à mars 1948. Entre-temps, elle a appris suffisamment d'anglais pour présenter ses morceaux sur scène, ainsi que pour chanter quelques adaptations qu'on commence à lui écrire (dont celle de *La Vie en rose*). Elle a également rencontré Marlene Dietrich, qui deviendra son amie pour la vie.

En février, elle revoit Cerdan qui était retourné à Casablanca voir sa femme et ses enfants. Ils tombent amoureux l'un de l'autre et passent leur temps ensemble. Elle écrira : « Nous étions deux Français à New York. Deux Français sans amis et qui s'ennuyaient. Il fallait que cela arrive. » Il doit disputer un combat préparatoire au championnat du monde le 12 mars, jour du départ d'Édith. Elle reste pour y assister... Avec Jean-Louis Jaubert, dont les jours en tant que « Monsieur Piaf » sont comptés. Cerdan revient vainqueur à Paris par le même avion qu'Édith (et Jaubert). Les journalistes n'ont d'yeux que pour Édith et Marcel, officiellement rien de plus que « les meilleurs amis du monde ».

À Paris, Édith déménage : elle loue un petit hôtel particulier dans le seizième arrondissement. Le couple y vit son idylle en cachette, car Cerdan est marié. Mais on le voit beaucoup aux concerts d'Édith et la rumeur court. Quand Marinette, sa femme, apprend la nouvelle par un journal à scandale, elle menace de le quitter : Cerdan accourt auprès d'elle... Lucien Roupp, le manager de ce dernier, est lui aussi inquiet pour son poulain, qui doit disputer le championnat du monde contre Tony Zale. Lorsque le boxeur perd un combat en Belgique, *France-Dimanche* titre : « Piaf a porté malheur à Cerdan ! »

En septembre 1948, Piaf est de nouveau engagée au Versailles. C'est également à New York que Cerdan doit disputer son fameux combat. Elle se réjouit de l'y rejoindre, mais Roupp a mis son poulain au vert et lui interdit toute visite. Qu'à cela ne tienne, Édith, accompagnée de Momone, son âme damnée rentrée en grâce, se débrouille pour lui rendre visite en cachette au terme d'une aventure rocambolesque digne d'un roman d'espionnage ! Roupp découvre le pot aux roses, mais ne peut les empêcher de se voir et se contente de les protéger de la presse à sensation. Il écrira, dans *Cerdan, la vérité* : « Elle brûlait d'un feu intérieur. Elle vivait chaque minute comme si c'était la dernière. On aurait dit qu'elle pressentait la fin prématurée de Marcel, qu'elle voulait savourer chaque seconde de leur vie. »

Le 21 septembre, c'est le grand jour. Le combat sera historique, homérique. Cerdan finit par l'emporter par K-O technique au douzième round. C'est l'apothéose. Le lendemain, au Versailles, le public américain fait un énorme succès à Édith et à Cerdan qui l'y rejoint. Les deux champions français ont conquis l'Amérique. Piaf y sera dorénavant toujours accueillie comme une reine.

Pendant ce séjour à New York, Édith remporte elle aussi une victoire, plus modeste, mais ô combien symbolique pour la chanteuse : elle est reçue à son examen de mélodiste à la Sacem. Contrairement à ce qui s'était passé avec *La Vie en rose*, elle pourra désormais signer les musiques des chansons qu'elle écrit (qui seront généralement mises en forme par Robert Chauvigny).

De retour à Paris, Édith et Marcel vivent ensemble dans un nouvel appartement, à Boulogne. Cerdan s'entraîne pour le combat où il remettra son titre mondial en jeu contre Jake La Motta, qui doit avoir lieu le 16 juin 1949 à Detroit.

Mais Cerdan perd ce combat et la presse se déchaîne, lui reprochant sa vie, ses sorties nocturnes, etc. Le champion a droit à une revanche, qui doit avoir lieu le 2 décembre à New York.

Édith est sur place, car elle chante de nouveau au Versailles. Le 27 octobre 1949, elle insiste pour que Cerdan la rejoigne immédiatement. Il accepte et prend l'avion. Il n'arrivera jamais : pour une raison inconnue, l'avion percute dans la nuit une montagne des Açores. Il n'y aura aucun survivant. Le corps de Marcel Cerdan sera identifié grâce à une montre à son poignet, un cadeau d'Édith...

Au matin, les amis d'Édith sont catastrophés. Ils ont appris la nouvelle alors qu'elle dort encore et ne savent comment lui annoncer. C'est Louis Barrier qui se dévoue. Édith s'effondre, hurle, pleure et se frappe la tête contre les murs. Elle ne s'en remettra jamais réellement.

Le soir même, elle tient à chanter au Versailles, pour Marcel... Le public lui fait une ovation, qu'elle refuse : « Non, pas pour moi mais pour lui. Ce soir c'est pour lui que je chante. » Elle termine par une nouvelle chanson créée un mois plus tôt au même endroit, magnifique et dont le texte (qu'elle a écrit sur une musique de Marguerite Monnot) résonne ce soir-là de façon incroyable :

> *Si un jour la vie t'arrache à moi*
> *Si tu meurs, que tu sois loin de moi.*
> *Peu m'importe si tu m'aimes*
> *Car moi, je mourrai aussi.*

À la fin de l'*Hymne à l'amour*, Édith s'évanouit sur scène.

Commence alors une période douloureuse. Au sens propre puisque Édith souffre de rhumatismes articulaires violents qui l'obligeront à se soigner à la morphine, ce qui la soulage mais lui vaudra bien des malheurs par la suite. Elle finit toutefois son engagement au Versailles, qui dure jusqu'au début de l'année 1950. Elle s'étourdit avec ses amis, dont Momone, dans des bringues à l'arrière-goût sinistre. Dans un geste inconsidéré, elle transforme son aspect physique : elle se coupe les cheveux très court. C'est aussi à cette époque qu'Édith, qui a toujours été superstitieuse, sublime la douleur psychologique de la perte de son amour d'une bien étrange façon : en faisant tourner les tables. Ces séances dont elle est friande dureront longtemps, tout son entourage y étant convié, de gré ou de force. Elles lui permettent de « parler à Marcel ».

En février, elle revient à Paris et s'accorde un mois de repos. Elle deviendra de façon surprenante amie avec Marinette, la veuve de Marcel Cerdan, qui l'invite à Casablanca. Piaf s'occupera toute sa vie de ses enfants, qui l'appelleront toujours « Tata Édith »...

Elle recommence à chanter en mars, puis à enregistrer. En mai, elle grave enfin l'*Hymne à l'amour* (le titre exact s'orthographie sans article), puis dans les mois qui suivent un grand nombre de chansons nouvelles, comme *La fête continue* de Michel Emer, *C'est un gars* et *Il y avait* de Roche et Aznavour, ainsi qu'une première salve d'adaptations de ses plus grands succès en anglais, *La Vie en rose*, *The Three Bells* et *Hymn To Love*.

Les paroles de cette dernière (adaptation d'*Hymne à l'amour*) ont été écrites par un chanteur américain d'origine russe, Eddie Constantine. En cet été 1950, il devient la nouvelle coqueluche de Piaf, ainsi que son amant.

Il est donc tout naturellement du voyage à New York, pour un nouvel engagement au Versailles, le quatrième, qui commence en septembre. Charles Aznavour est également de la partie, mais pas encore comme chanteur : « Toi Charles, je t'emmène, lui a dit la patronne. Tu t'occuperas de mes éclairages et des petits détails. Tu te rendras utile, quoi. » Pendant de longues années, la future grande vedette vivra ainsi dans l'ombre de Piaf, tour à tour bouffon, homme à tout faire, présentateur, souffre-douleur (elle l'appelait le « petit génie con »), mais aussi parolier, confident, etc. Une entrée dans la carrière par la petite porte mais qui lui permettra d'emmagasiner une expérience inégalable. Il aura aussi l'immense originalité de ne jamais être un « Monsieur Piaf » (il n'aurait pas dit non). Édith aurait dit un jour : « Charles, devenir mon amant ? Vous n'y pensez pas ? Entre nous, ce serait de l'inceste ! » Un hommage douloureux, mais touchant... En attendant, à New York, Piaf l'oblige à se faire refaire le nez !

Elle y enregistre également, aux studios Columbia, de nouveaux titres en anglais dont *Autumn Leaves* (*Les Feuilles mortes*, que chantait Yves Montand dans *Les Portes de la nuit* !), *My Lost Melody* (*Je n'en connais pas la fin*), *I Shouldn't Care* (*J'm'en fous pas mal*). Elle conforte ainsi sa popularité outre-Atlantique.

Chapitre 7

Jacques Pills - Je t'ai dans la peau

> *C'est en tournée que nous étions le plus proches d'elle. Celles des USA resteront mes meilleurs souvenirs. (...) Nous formions alors une véritable « famille ».*
> Louis BARRIER, manager d'Édith Piaf

De retour à Paris au début 1951, elle s'attaque à une nouvelle aventure : une comédie musicale, *La P'tite Lili*, que lui a écrite Marcel Achard et dont Marguerite Monnot a composé la musique. Elle doit se jouer à l'ABC. Piaf impose contre vents et marées la décoratrice, le metteur en scène (Raymond Rouleau) et les acteurs : le tout jeune Robert Lamoureux et... Eddie Constantine, dont Rouleau ne veut pas et dont le rôle se rétrécit jusqu'à devenir quasiment muet !

La P'tite Lili sera bien accueillie. Piaf, hospitalisée en mars (pour une infection intestinale), s'interrompt une semaine, puis reprend le rôle jusqu'en juillet. Elle enregistre également les huit chansons du spectacle aux studios Columbia, parmi lesquelles *Demain il fera jour*, dont elle dira : « Cette chanson résume toute ma vie », *Du matin jusqu'au soir*, dont elle a écrit paroles et musique, et *C'est toi*, en duo avec Constantine (qui prouve là qu'il n'est pas Caruso)... À l'été, elle préfère partir chanter en tournée et doit être remplacée sur la scène de l'ABC.

Cette fois-ci, Aznavour fait partie du spectacle. Cette année 1951 sera d'ailleurs importante pour lui, puisque Piaf enregistrera plusieurs de ses chansons, dont les futurs classiques que sont *Plus bleu que tes yeux*, *Jézébel* et *Je hais les dimanches*. Comme souvent, Piaf avait d'abord refusé cette dernière (conseillant à son auteur de se la mettre « là où je pense »), puis apprenant que Juliette Gréco la chantait et avait remporté avec elle le Grand Prix de la chanson de Deauville, elle la prit, en engueulant Aznavour : « Bougre de salaud, tu as donné ma chanson à cette chanteuse existentialiste ! (...) Mais ça ne fait rien. Je vais la chanter et montrer à cette chanteuse comment ça se chante. »

Elle emmène également en tournée Roland Avelys, dit « le chanteur sans nom », qu'Édith connaît depuis ses débuts mais qu'elle vient de retrouver et qui restera à ses côtés jusqu'à sa mort, dans le rôle de l'amuseur de service. Un ancien coureur cycliste (et futur comédien), André Pousse, est aussi du voyage. Outre son rôle de chauffeur, il prend également la place d'Eddie Constantine auprès d'Édith.

Au cours de la tournée, cette petite troupe a un accident de voiture assez grave dans lequel Édith est blessée. Elle est hospitalisée et se voit de nouveau prescrire des opiacés, qu'elle consomme en grande quantité pour tuer la douleur. Elle va finir par devenir dépendante de la morphine, obligée de se piquer plusieurs fois par jour... Piaf va mal et, pour couronner le tout, son entourage profite d'elle. Redoutant la solitude, elle cherchera toujours à être entourée, ce qui la mettra régulièrement à la merci des parasites. Certains de ses « amis » sont moins scrupuleux que d'autres et profitent de ses largesses proverbiales, ou forcent le destin durant les séances de spiritisme, pendant lesquelles l'esprit de Cerdan lui conseille de prêter de l'argent à Untel...

Il faut dire qu'Édith gagne beaucoup d'argent, mais en dépense toujours plus. Elle est constamment à la limite de la banqueroute, s'en foutant complètement, et laisse Barrier se débrouiller comme il peut pour essayer de tenir la baraque. Il racontera par la suite : « Elle me demandait souvent : "Où en sommes-nous côté banque ?" Mais, avant que j'aie eu le temps de répondre, elle passait à autre chose. Quand la situation était très critique, je l'en informais. Elle prenait de bonnes résolutions... qu'elle oubliait tout aussitôt. »

De retour à Paris, André Pousse présente à Édith un de ses amis, Toto Gérardin, lui aussi ex-champion cycliste. Mal lui en prend : Gérardin le remplace auprès d'Édith ! Depuis Cerdan, la chanteuse a du mal à trouver le nouvel homme de sa vie...

Fin 1951, Piaf enregistre une chanson importante, le fameux *Padam, padam*. La musique, que Norbert Glanzberg avait composée dix ans plus tôt, désespérait tous les paroliers. Henri Contet, qui eut le coup de génie de cette onomatopée, dira de cet air : « Tout le monde s'y était essayé, même Charles Trenet. » L'enregistrement de la chanson par Piaf obtiendra le Grand Prix du disque 1952.

En mai 1952, Jacques Pills (ex-moitié du duo Pills et Tabet qui chantait *Couché dans le foin* de Mireille), chanteur célèbre en France comme aux États-Unis où on le surnommait « Monsieur Charme », se présente chez Édith. Il a écrit une chanson pour elle sur une musique de son pianiste, le jeune Gilbert Bécaud. Piaf tombe immédiatement amoureuse de *Je t'ai dans la peau* et de son auteur... La chanson est une grande réussite et l'interprétation de Piaf donne un frisson proche de celui que l'on ressent en écoutant les blues de Billie Holiday.

Elle la crée à la télévision (une première) le 22 mai, de même que *Au bal de la chance*, qui lui fournira plus tard le titre de son autobiographie. En juin, elle les enregistre sur disque.

À Pills, qui se déclare enfin, elle rétorque que, pour lui prouver son amour, il n'a qu'à l'épouser ! Il s'exécute le 29 juillet 1952, dans l'intimité... Le couple s'installe dans un grand rez-de-chaussée, au 67, boulevard Lannes (toujours le seizième arrondissement). Ce sera le domicile d'Édith Piaf jusqu'à sa mort.

En septembre, à la veille d'un nouveau départ pour les États-Unis, Édith enregistre quatre nouveaux titres, dont *Ça gueule, ça, madame* (où l'on entend surtout Pills) et *Elle a dit*, deux chansons dont Bécaud a composé les musiques. À New York, ils se marient à l'église (Marlene Dietrich est le témoin d'Édith). Mais ils sont essentiellement là pour travailler : Piaf chante au Versailles, Pills dans un autre club, qui s'appelle... La vie en rose ! Ensuite, ils partent en tournée en Californie, à Hollywood où ils rencontrent toutes les stars du moment, puis à Las Vegas et Miami. Mais la Parisienne a le mal du pays : ils reviennent en France en mars 1953.

Le couple se produit de nouveau ensemble, chacun chante ses chansons (dont une nouvelle pour Édith, le fameux *Bravo pour le clown !* de Contet/Louiguy), puis ils reprennent *Le Bel Indifférent* de Cocteau, qui est enregistré le 28 mai au théâtre Marigny. Le lendemain, Piaf est obligée de commencer une première cure de désintoxication, sur les conseils de son entourage. Remise, elle tourne cet été-là, entre deux galas, dans *Si Versailles m'était conté* de Sacha Guitry, où elle chante *Ça ira*. À l'automne, le couple prend enfin de vraies vacances, dans les Landes : un fait assez exceptionnel dans la vie de Piaf !

En décembre, de retour à Paris, elle enregistre sept titres, dont *Heureuse* et *Johnny, tu n'es pas un ange*, adapté par Francis Lemarque sur une musique du célèbre guitariste américain Les Paul.

1954 ne sera pas une très bonne année pour Édith Piaf. Elle débute pourtant par un succès : la chanteuse fête un million de disques vendus ! Pour l'époque, c'est un chiffre impressionnant : les électrophones ne sont pas aussi répandus qu'ils vont l'être dans les années à venir, le rock'n'roll n'est pas né et les yé-yés sont encore loin...

Mais juste après, Édith doit faire un nouveau séjour en clinique pour se désintoxiquer, obligeant Loulou Barrier à annuler une tournée européenne. Elle y retournera en été, au milieu d'une tournée des chapiteaux qui traverse toute la France et qui se révèle particulièrement éprouvante.

À part *La Goualante du pauvre Jean* en février, elle n'enregistrera de nouveau qu'à la fin de l'année, une série de chansons dont quelques-unes sont écrites par des auteurs récemment « découverts », comme Jean Dréjac (l'auteur du *Petit Vin blanc* !) qui signe *Sous le ciel de Paris* (la chanson-titre du film de Julien Duvivier), ou Michel Rivgauche, dont le *Mea culpa* remporte le Grand Prix de la chanson de Deauville.

En janvier 1955, Piaf chante à l'Olympia, avant d'enregistrer quatre nouveaux titres, dont *Le Chemin des forains* de Jean Dréjac sur une musique d'Henri Sauguet et *C'est à Hambourg*, du tandem de paroliers Michèle Senlis et Claude Delécluse. Puis c'est un nouveau départ pour les États-Unis pour le « clan Piaf », cette fois-ci pour une tournée qui ne les verra revenir en France que quatorze mois plus tard. Sont du voyage les « habitués », Pills, Barrier, Bonel, Chauvigny, mais aussi, plus discrètement, Jean Dréjac, qui vit une histoire « secrète » avec

Édith. Marlene Dietrich racontera par la suite : « Elle me donnait le vertige avec tous ses amants que je devais conduire de cachette en cachette dans ses appartements. » Elle a également un nouveau guitariste, Jacques Liébrard, qui remplacera avantageusement Dréjac quand celui-ci devra rentrer en France...

Au milieu de cette tournée harassante mais triomphale, en été, Édith loue une immense maison en Californie, à Malibu, au bord de la plage. Il semble que ce soit un des meilleurs souvenirs de tous ceux qui y vécurent ou y passèrent quelque temps. À l'automne, c'est le retour à New York, au Versailles. Comme d'habitude, est-on tenté de dire... Officiellement le couple Piaf-Pills, qui partage la scène, est toujours uni. Mais des rumeurs commencent à circuler.

Le 4 janvier 1956, Piaf triomphe dans ce temple de la chanson qu'est le Carnegie Hall. C'est sans doute un des plus grands moments de sa carrière. Elle y crée *Les Amants d'un jour* (« Moi j'essuie les verres/ Au fond du café... ») et *L'Homme à la moto*, adaptation par Jean Dréjac d'une chanson du célèbre duo d'auteurs américains Leiber et Stoller qui écriront pour les plus grandes vedettes du rhythm and blues et du rock'n'roll, Elvis Presley en tête. Elle a enregistré ces deux titres la veille aux studios Capitol de la 46e Rue.

Ensuite, ce seront des allers-retours entre New York et l'Amérique latine : Cuba, Mexico et Rio de Janeiro, qui l'enchante.

Le retour à Paris a lieu le 7 mai 1956. Elle enchaîne de nouveau les émissions de télé (qui se multiplient) et l'Olympia, fin mai. Le 6 juin, Pills et Piaf divorcent, d'un commun accord.

C'est ensuite la sempiternelle tournée d'été à travers toute la France, suivie d'un nouveau départ pour New York, un nouvel engagement au Versailles, puis le Québec, Hollywood, New York, Chicago, Rio de Janeiro : la routine...

Chapitre 8

Les années noires - Non, je ne regrette rien

> *Elle vous ferait pleurer en chantant l'annuaire du téléphone.*
> Boris Vian

 Piaf a toujours eu un flair très sûr pour choisir ses chansons. Ainsi a-t-elle ramené d'Argentine une mélodie péruvienne d'Angel Cabral, dont elle a acheté les droits. De retour en France en août 1957, elle convoque le parolier Michel Rivgauche, son nouveau chouchou, pour en écrire les paroles. Ce sera *La Foule*, un de ses plus grands succès.

 Elle part en tournée à l'automne avant de faire sa rentrée parisienne à l'Olympia, en février 1958. On lui propose un nouveau chanteur en vedette américaine, un certain Félix Marten. Elle n'aime pas trop son répertoire : c'est reparti pour un tour, elle va le prendre en main, lui faire écrire des chansons et l'imposer dans son spectacle à l'Olympia. Il va aussi devenir son amant, bien sûr.

Parallèlement, elle enregistre en novembre 1957 six titres, dont *La Foule*, mais aussi *Les Prisons du roi* et *Salle d'attente*, toutes deux sur des textes de Rivgauche, ainsi que *Comme moi*, de Senlis et Delécluse, mise en musique par l'inépuisable « Guite » (le surnom de Marguerite Monnot) et *Les Grognards*, d'un jeune parolier dont on reparlera, Pierre Delanoë.

Elle tourne aussi dans un nouveau film de Marcel Blistène, le peu mémorable *Les Amants de demain*, où elle chante quatre chansons. Elle le fait par plaisir et par amitié, mais concède sans peine qu'il ne s'agit pas là de son vrai métier : « J'aime bien faire un film de temps en temps, mais je n'aime pas faire le métier de cinéma. »

Édith obtient un tel succès à l'Olympia que son contrat initial de deux semaines sera reconduit plusieurs fois, de février jusqu'à fin avril ! Elle y crée les nouvelles chansons qu'elle a enregistrées en novembre 1957, ainsi que *Mon manège à moi* (de Jean Constantin sur une musique du fidèle et talentueux Norbert Glanzberg), qu'elle enregistre en mars. Le Tout-Paris se précipite à ses concerts et de nombreux jeunes auteurs font le siège de sa loge pour lui proposer des chansons. Parmi eux, beaucoup sont éconduits, comme Charles Dumont (qui reviendra à la charge), mais un jeune pâtre grec séduit Édith, un certain Georges Moustaki, dit Jo, que lui a présenté le guitariste Henri Crolla.

Invité boulevard Lannes, ses chansons séduisent tout d'abord bien moins que son physique... Mais quand Piaf aime, elle prend tout ! Marten est toujours « l'officiel » et la vedette américaine de Piaf lorsqu'elle part en tournée en Suède en mai 1958, mais Moustaki est aussi du voyage. Comme dit un proche, « elle lui a mis le grappin dessus ». Moustaki, lui, ne voulait que lui donner des chansons. Il ne voulait pas non plus devenir interprète : c'est Piaf qui décide qu'il doit se lancer, au début d'une tournée d'été interminable, éternel prélude à un nouveau départ aux États-Unis. Elle a ainsi décidé que Jo allait chanter, se roder là-bas et devenir une vedette à son retour l'année suivante !

Édith a de plus en plus d'ennuis de santé, il lui arrive de se sentir mal sur scène. À la fin de l'été, revenant de la maison de campagne qu'elle a récemment achetée à Condé-sur-Vesgre, Moustaki (qui conduit) et elle ont un grave accident de voiture. Elle est hospitalisée trois semaines et doit repousser son départ pour les États-Unis à janvier 1959. Remise, elle en profite pour enregistrer de nombreuses chansons, dont quatre de Moustaki : *Un étranger*, *Éden Blues*, *Le Gitan et la Fille* et *Les Orgues de Barbarie*. Elle travaille aussi à un nouveau texte de son amant pour lequel Marguerite Monnot a écrit deux musiques différentes : *Milord*. C'est Jo qui choisira l'air qu'on connaît aujourd'hui, contre l'avis d'Édith qui préférait l'autre : un bel exploit !

Édith part avec sa troupe pour New York le 6 janvier 1959. Elle débute à l'Empire Room, le cabaret du Waldorf Astoria, un des hôtels les plus chics du monde. Elle triomphe et son engagement est prolongé jusqu'au 17 mars. Elle y crée *Milord* qu'elle enregistre également à New York (ainsi que *T'es beau, tu sais*). Jo, lui, s'ennuie et part en Floride. Il n'est venu à New York que contraint et forcé par Barrier, qui redoutait une annulation d'Édith si Moustaki ne l'avait pas accompagnée. Elle ne reste pas longtemps sans homme : un prétendant se déclare, le jeune peintre Douglas Davis, fan de Piaf, qui l'approche pour réaliser son portrait.

Le 16 février, elle s'effondre sur scène. On diagnostique un ulcère à l'estomac, probablement provoqué par l'excès de médicaments qu'elle ingère pour soigner ses rhumatismes déformants. Elle doit être opérée puis hospitalisée. Elle rechute : nouvelle opération et nouvelle hospitalisation. Moustaki l'a quittée, il est rentré en France, mais Davis vient la voir tous les jours...

La situation financière de la petite bande est catastrophique : l'hôpital coûte cher, il n'y a plus de rentrées d'argent et les musiciens sont obligés de cachetonner dans des bouis-bouis pour survivre. À peine sortie, Édith donne quelques concerts pour renflouer les caisses et payer les billets d'avion du retour, qui a lieu le 21 juin. Doug Davis est du voyage.

Malgré son état de santé précaire, Piaf reprend sa vie trépidante et repart sur les routes pour une nouvelle tournée d'été. À part *Milord*, qui est un succès, toutes les chansons de Moustaki ont disparu de son répertoire ! Davis suit tant bien que mal, mais le rythme est trop intense pour lui. Après un nouvel accident de voiture (où Édith se casse des côtes), il craque et s'en va. Il déclarera à *France-Dimanche* : « Ce n'est pas possible. Elle tue tout le monde par sa vie tellement déréglée. »

De retour à Paris, elle est de nouveau opérée, d'une pancréatite, cette fois. Sa convalescence à peine terminée, elle repart en tournée ! Les dernières années de sa vie seront à l'image de ces quelques mois, une lutte acharnée contre la maladie et une volonté de travailler et de chanter décuplée. De plus, le public la chérira encore plus, l'acclamant pour son courage, même si une part de morbide se mêle à ce soutien : on vient voir si Piaf va tenir...

Elle a de nouveau des malaises sur scène, des trous de mémoire. Les journaux font leurs manchettes sur ce qu'ils appellent « la tournée suicide ». Louis Barrier se range à l'avis des médecins qui l'implorent de s'arrêter. Bruno Coquatrix, le directeur de l'Olympia où elle doit faire sa rentrée au début de 1960, lui répond : « Tant qu'elle chantera, il ne lui arrivera rien. »

1960 sera une très mauvaise année pour Piaf. De fréquents séjours en clinique l'obligeront à repousser sans cesse son

Olympia. Son foie est très malade. De plus, sa situation financière a encore empiré. Elle doit vendre sa maison de campagne. Les rumeurs circulent, on la dit ruinée, mourante ou les deux. Elle trouve quand même la force d'enregistrer quelques chansons en mai, dont aucune n'est réellement mémorable, et de répéter une comédie-ballet, *La Voix*, écrite par Pierre Lacotte, contenant des chansons de Rivgauche et d'un jeune musicien québécois qui signe plusieurs de ses mélodies de cette époque, Claude Léveillée.

En octobre, le parolier Michel Vaucaire et le compositeur Charles Dumont (qu'elle a déjà éconduit trois fois !) viennent lui jouer une nouvelle chanson, vraisemblablement inspirée par une interview d'elle parue dans *Paris-Jour*. Elle y déclarait qu'elle ne regrettait rien et que, si sa vie était à refaire, elle voudrait la revivre de la même manière. Piaf est enthousiasmée par *Non, je ne regrette rien* (elle a même du mal à croire qu'elle est bien de Dumont...).

Une nouvelle période créative commence pour Piaf. Dans la foulée, le duo lui écrit le déchirant *Mon Dieu*, ainsi que beaucoup d'autres titres de moindre renommée : *La Vie, l'Amour*, *Les Mots d'amour*, *La Ville inconnue*, *Les Flonflons du bal* (qu'elle avait refusé l'année précédente), etc. Au total, elle enregistrera une trentaine de chansons dont les musiques seront signées Charles Dumont. Elle enregistre douze titres avant la fin de l'année 1960. Enfin, elle signe le contrat de son retour à l'Olympia, qui commence le 29 décembre. La première pour le Tout-Paris a lieu le 2 janvier 1961. Elle met tout le monde dans sa poche, d'Alain Delon à Louis Armstrong, de Roger Vadim à Duke Ellington, qui vient la saluer dans sa loge.

Cette fois encore, son séjour à l'Olympia est prolongé, jusqu'en avril. Elle part ensuite en tournée, avec Charles Dumont qu'elle pousse à chanter, comme Moustaki avant lui.

La rumeur de leur liaison sera toujours démentie par Piaf... Dumont monte sur scène (il chante encore plus mal que Moustaki) et interprète plusieurs de ses chansons, dont *Les Amants*, qu'il a composée pour Piaf et qu'ils chanteront et enregistreront en duo. Ce premier trimestre est aussi l'occasion de nombreuses séances d'enregistrements : une quinzaine de chansons, dont les versions anglaises de *Mon Dieu* et de *Non, je ne regrette rien,* ainsi que de nouveaux titres de Dumont comme *Les Amants* (texte de Piaf), *Mon vieux Lucien* ou *Le Billard électrique*.

En mai, Piaf entame à Cahors (ville natale de Charles Dumont) une tournée à travers la France. Celle-ci est interrompue le 24 du même mois : la chanteuse est de nouveau hospitalisée. Cette fois-ci, elle croit que sa fin est proche, écrit son testament, puis se rebelle une fois de plus et s'en sort. On parle de cancer, mais ce n'est encore qu'une rumeur, démentie par les médecins.

Chapitre 9

Théo Sarapo - À quoi ça sert l'amour ?

> *Quelle extraordinaire bonne femme. Elle n'habite pas la Terre, elle loge ailleurs dans un monde plein de bleu, de choses propres et belles. Tiens, les anges, je les vois comme Guite. C'est ma meilleure amie et la femme que j'aime le plus au monde !*
>
> Édith PIAF, à propos de Marguerite Monnot

L'été 1961 et le début de l'automne se passent pour Piaf entre convalescence et visites en clinique. Le 12 octobre, Louis Barrier lui apprend la mort de Marguerite Monnot, d'une péritonite. C'est un choc pour Édith. La « Guite » était son amie et sa compositrice depuis vingt-cinq ans, presque ses débuts, à l'époque de Raymond Asso. C'était aussi un personnage extraordinaire, toujours dans la lune, très attachante et, évidemment, une immense musicienne, la véritable grande dame de l'ombre de la chanson française (outre de nombreuses chansons, elle avait écrit la musique de la célèbre comédie musicale

Irma la douce). Édith est doublement catastrophée : depuis un an, Charles Dumont est l'auteur quasi exclusif de toutes ses musiques. Elle s'en veut d'avoir « lâché » son amie.

Parmi la nombreuse cour qui défile boulevard Lannes, un jeune homme de vingt-six ans est à ses côtés depuis quelques années déjà, un certain Claude Figus, véritable fan d'Édith, qui lui tient compagnie et lui permet de mieux supporter toutes les épreuves qu'elle traverse. Pourtant, ils ont été fâchés, suite à un « déballage » que le jeune homme a fait dans la presse au sujet d'Édith. Mais elle lui a pardonné au début 1962, grâce à une chanson qu'il lui a dédiée sur son premier disque, puisque lui aussi se lance dans la carrière, *À t'aimer comme j'ai fait*, qui a touché Piaf.

Malgré sa situation de « parasite », attestée par un grand nombre d'amis de Piaf (Louis Barrier : « Un de ces types qui ne font jamais rien de leur vie »...), Figus aura un rôle important dans les dernières années de la vie de la chanteuse. Il a l'habitude de ramener des copains de son âge boulevard Lannes. Parmi ceux-ci, un jeune accordéoniste du nom de Francis Lai va rapidement devenir le nouveau compositeur attitré de Piaf, puisque Charles Dumont, occupé par sa nouvelle carrière de chanteur, s'éloigne un peu de celle qui l'a lancé. Quelques années plus tard, Lai obtiendra un énorme succès mondial avec la musique du film *Un homme et une femme* de Claude Lelouch et sa célèbre chanson *Chabadabada*....

Mais parmi les traîne-savates que ramène Figus au domicile d'Édith, il y a surtout, en février 1962, un jeune (vingt-cinq ans) garçon coiffeur d'origine grecque, Théophanis Lamboukas. Un grand amour est en train de naître, le dernier d'Édith. Elle rebaptise d'ailleurs son nouveau protégé (car elle veut faire de lui un chanteur, bien évidemment) Théo Sarapo : « Sarapo, le seul mot grec que je connaisse, ça veut dire je t'aime. »

Malgré d'incessants séjours à l'hôpital, Édith continue d'enregistrer, en ce début 1962, plusieurs chansons sur des musiques de Dumont et des textes de ses « nouveaux » auteurs : Pierre Delanoë (*Toi tu l'entends pas*), Michel Vaucaire (*Fallait-il ?*), Robert Gall (*On cherche un Auguste*) et surtout Jacques Plante (*Polichinelle, Une valse, Ça fait drôle*). Tous ne sont pas forcément proches d'elle. Pierre Delanoë, célèbre bougon, racontera : « Édith et moi ne nous appréciions guère. Je n'aimais pas perdre mon temps dans des nuits sans sommeil. Je me suis laissé piéger à deux ou trois reprises et suis reparti chaque fois furieux. Elle exerçait une réelle emprise sur les gens. Elle captivait et obtenait tout ce qu'elle voulait ! C'était lui faire offense que de partir aussitôt après lui avoir proposé une chanson. Comme ce fut pratiquement toujours mon cas, je vous laisse deviner ce qui devait se dire dans mon dos ! C'était une dévoreuse. Elle charmait, aimait et jetait ! Elle a vite compris que je n'avais nullement l'intention de me retrouver sur sa liste... Mais j'adorais la chanteuse et j'ai voulu, auprès d'elle, exercer mon métier. Uniquement. »

Elle enregistre même en avril en duo avec Charles Dumont, *Inconnu excepté de Dieu*, ainsi que deux titres écrits et dirigés par le compositeur grec Mikis Théodorakis, *Les Amants de Téruel* (du film du même nom) et *Quatorze juillet*. Enfin, en mai, elle enregistre un premier titre de Francis Lai, *Le Petit Brouillard*, mais surtout, du toujours fidèle Michel Emer, *À quoi ça sert l'amour*, en duo avec Théo Sarapo pour la télévision.

Le 15 juin, elle reprend la scène, à Reims, où tous ses amis sont là pour la soutenir. En première partie, Figus et Sarapo, bien sûr. Elle part ensuite en tournée en province, pour préparer son grand retour parisien : l'Olympia, à la rentrée. Mais la presse ne bruit que de rumeurs à propos d'un éventuel mariage avec Théo, de vingt ans son cadet...

Elle enregistre encore une demi-douzaine de titres en septembre, avant d'apparaître le 25 du même mois au premier étage de la tour Eiffel, où elle chante pour une immense foule qui se masse à ses pieds. Deux jours plus tard, elle entame son dernier Olympia, où elle restera quatre semaines. Les critiques sont déçus car, pour des raisons physiques, elle ne peut interpréter certains titres « difficiles » tels *Hymne à l'amour*. De plus, n'étant pas du genre à se reposer sur ses lauriers, Piaf impose un spectacle essentiellement composé de nouvelles chansons qui ont du mal à soutenir la comparaison avec *Non, je ne regrette rien*, *La Foule* et *Milord*, qu'elle interprète au finale. Mais le public lui fait une ovation.

Michel Simon, qui la connaît depuis toujours (il avait connu sa mère), était parmi les spectateurs : « Nous sommes tombés dans les bras l'un de l'autre et avons failli nous foutre la gueule par terre, ne tenant pas sur nos pauvres jambes. Il n'y a que nous qui avons éclaté de rire car la vue de ces deux ruines se cramponnant l'une à l'autre devait être pitoyable... Je ne peux pas expliquer ce que je ressentais lorsqu'elle chantait. C'était si fort, si intense ! Sa voix, son jeu de scène, sa présence, tout concourait à un moment d'émotion si puissant que je sortais à chaque fois épuisé de son récital tellement son emprise sur le public était totale. Mais d'où lui venait tout ce talent ? »

Le 9 octobre, jour de relâche, elle épouse Théo à la mairie du dixième arrondissement devant une foule de curieux et de journalistes. Il semble même que ce soit cette pression populaire qui l'ait finalement conduite à cette cérémonie. Louis Barrier révélera bien plus tard : « Si longtemps après, je ne crois faire de peine à personne en vous apprenant qu'entre elle et Théo il n'y avait plus rien. Pour moi, c'est fini depuis un bon moment, m'avait-elle confié. Elle s'est mariée parce que face à la presse, face au public, et peut-être aussi à cause de Théo qu'elle avait entraîné dans toute cette affaire, il était trop tard pour reculer. »

Après l'Olympia, et après avoir assisté au spectacle de Johnny Hallyday qui leur succède sur cette même scène, le couple disparaît pendant quinze jours. Ce que le public prend pour une lune de miel sera en fait une nouvelle hospitalisation...

Mais Édith est intenable : elle repart en tournée, jusqu'à la fin de l'année, puis de nouveau au début de 1963. C'est une véritable fuite en avant, la chanteuse est bourrée de médicaments, bouffie par la cortisone. Elle s'en moque. En février, elle monte de nouveau sur scène à Paris, à Bobino, jusqu'au 13 mars.

Le 30 et le 31 mars, Édith Piaf donne, sans le savoir, ses derniers concerts, à l'Opéra de Lille. D'autres prestations sont prévues en avril, mais doivent être annulées : son médecin l'oblige cette fois-ci à se reposer. Le 7 avril, elle répète ce qui sera sa dernière chanson, *L'Homme de Berlin*, de Noël Commaret et Francis Lai. Puis, de nouveau, retourne à la clinique Ambroise-Paré de Neuilly, où elle sombre dans un coma hépatique et passe quatre jours en salle de réanimation. Les semaines qui suivent, elle est entre la vie et la mort.

Le 31 mai 1963, accompagnée de Théo, elle se rend sur la Côte d'Azur, dans une villa de Saint-Jean-Cap-Ferrat, pour se reposer. Après une brève période d'amélioration (elle déclare crânement à un journaliste : « C'est bon les vacances. Ce sont les premières de ma vie, alors vous pensez si je suis heureuse »), sa santé se dégrade à nouveau. Tous ses amis, anciens et nouveaux, viennent lui rendre visite : Jacques Bourgeat, Henri Contet, Michel Emer, Raymond Asso, qu'elle reçoit longuement, Charles Aznavour, Félix Marten...

Le 1er août, elle doit déménager à Mougins, plus loin de la mer (sur recommandation des médecins), dans une villa qui est aussi plus petite et moins chère : les finances ne sont pas au mieux. Commencent alors de régulières hospitalisations à Cannes. Le 31 août, nouveau déménagement dans un mas plus modeste, près de Grasse, où ne restent près d'elle que Théo, une infirmière et Danièle et Marc Bonel. Le 10 octobre, lendemain de son anniversaire de mariage, la chanteuse y meurt dans son sommeil.

Piaf avait déclaré : « Je veux mourir et être enterrée à Paris dans mon caveau du Père-Lachaise avec ma petite fille et mon père. » C'est semble-t-il la raison pour laquelle Théo emmène, à la barbe des journalistes, le corps d'Édith dans sa voiture et, au terme d'une épopée rocambolesque, le ramène boulevard Lannes où le décès officiel est prononcé le 11 octobre 1963 à 7 heures du matin...

Le samedi 12 et le dimanche 13, Théo laisse la foule massée devant son appartement venir rendre un dernier hommage à Édith Piaf. Le lundi, l'enterrement au Père-Lachaise est un immense deuil populaire, suivi par une foule de quarante mille personnes qui pénètrent dans le cimetière.

José Artur écrira alors : « Son dernier triomphe en octobre 1963 eut lieu au Père-Lachaise ; il fut à son image : bouleversant, cynique, indécent et pathétique. »

Jean Cocteau, qui mourra quelques heures seulement après sa grande amie, aura juste eu le temps de lui rendre un dernier hommage : « Édith Piaf s'éteint, consumée par un feu qui lui hausse sa gloire. Je n'ai jamais connu d'être moins économe de son âme. Elle ne la dépensait pas, elle la prodiguait, elle en jetait l'or par les fenêtres. »

Chapitre 10

Les héritiers

Édith Piaf a non seulement été l'interprète reine de la chanson française, mais elle a également eu, on l'a vu, une influence immense sur bon nombre d'autres chanteurs, paroliers et compositeurs.

Il y a évidemment ceux qu'elle a « lancés ». Le premier, Yves Montand, fit l'immense carrière que l'on sait et, même s'il était relativement discret sur ses débuts, savait tout ce qu'il devait à Piaf.

Les Compagnons de la Chanson eurent eux aussi une longue et riche carrière grâce à l'impulsion initiale de Piaf, comme le reconnaît Jean-Louis Jaubert : « Elle fut la chance de notre vie. Jamais nous ne l'oublierons. (...) Édith est restée très proche de nous par la pensée et dans nos cœurs pendant les quarante années de sa carrière et après sa mort. Elle est totalement indissociable de nous. »

Charles Aznavour, évidemment, doit beaucoup à Piaf. Fin 1997, il triomphe une nouvelle fois au Palais des Congrès, en ouvrant son spectacle par un « duo virtuel » avec Édith, sur la chanson qu'il lui avait écrite, *Plus bleu que le bleu de tes yeux*, qui deviendra également un énorme succès discographique. Il déclare alors : « C'est en entendant Natalie Cole [qui "inventa" le duo virtuel, en chantant sur un enregistrement de son père, Nat King Cole] que j'ai eu l'idée de chanter avec Piaf. Ou plutôt de rechanter, car nous n'arrêtions pas de chanter entre nous. J'ai habité longtemps chez elle, nous étions très complices. (...) Elle n'aurait jamais accepté que ce disque se fasse avec quelqu'un d'autre que moi. »

N'oublions pas Gilbert Bécaud, qui commença sa carrière comme pianiste de Jacques Pills, et composa ainsi plusieurs musiques pour Édith dans les années cinquante, dont celle du magnifique *Je t'ai dans la peau*.

Georges Moustaki, qui restera toujours très discret et laconique sur ses amours tumultueuses avec Piaf, ne cachera jamais la dette artistique qu'il avait envers elle. Non seulement elle chanta ses chansons, dont l'immense *Milord*, qui en fit un auteur à succès, mais elle le poussa littéralement sur les planches et l'obligea à devenir interprète, ce qu'il fit avec talent.

Même chose pour Charles Dumont, qui fit une longue carrière après ses débuts avec Piaf, n'hésitant jamais à reprendre sur de nombreux albums les chansons qu'il lui avait écrites.

D'autres, lancés eux aussi par Édith, eurent moins de chance, peut-être tout simplement parce qu'ils avaient moins de brio... Ainsi la carrière de Félix Marten ne fut-elle pas aussi longue que la chanteuse l'avait peut-être espéré, mais il obtint tout de même quelques succès.

On ne peut malheureusement pas en dire autant de Claude Figus, qui semblait pourtant avoir des dons. Dépressif, il se suicida en août 1963, une nouvelle que Piaf n'apprit jamais, préservée dans les derniers mois de sa vie par ses amis proches...

Quant au malheureux Théo Sarapo, il ne persévéra pas trop

longtemps dans une carrière qu'il n'avait jamais souhaitée. Il trouvera la mort dans un accident de la route en 1970.

Mais l'influence de Piaf s'étend bien au-delà de ceux qu'elle avait côtoyés et bien après sa mort. Elle est toujours aujourd'hui une chanteuse de référence, les chanteurs français et étrangers reprenant fréquemment ses chansons et la citant très souvent.

La Vie en rose est une des chansons les plus chantées de par le monde et il est impossible de citer ici l'ensemble de ses interprètes. Mentionnons simplement, pour illustrer la diversité des familles musicales de ceux qui s'y attaquèrent : Sylvie Vartan, Marlene Dietrich, Dalida, le Trio Esperanza, Grace Jones, Ute Lemper ou Louis Armstrong...

Plus près de nous, de grandes vedettes mirent Piaf à leur répertoire, certaines de façon assez surprenante, comme Serge Gainsbourg, pour une interprétation de *Mon légionnaire* forcément ambiguë dans sa bouche, ou Johnny Halliday, qui chantait récemment l'*Hymne à l'amour* sur scène. Citons aussi, parmi tant d'autres : Claude Nougaro, Julien Clerc, Christophe...

Nilda Fernandez, lui, déclarait au début de l'année 2000 : « Je suis né de Piaf et Cloclo... », faisant remonter son premier choc émotionnel à « la voix de Piaf à la radio. Aujourd'hui encore le souvenir reste intact. Comment une chanson de trois minutes peut-elle être aussi *déterminante* ? Plus que tout, *Milord* m'a marqué. Ma vocation est sûrement née à ce moment-là ».

Enfin, l'ombre de Piaf s'étend évidemment sur nombre de chanteuses françaises, telle Sapho, qui reprenait *L'Accordéoniste* sur son *Live au Bataclan 97*, Catherine Ribeiro ou, de façon encore plus marquée, Patricia Kaas qui commença sa carrière en reprenant le répertoire d'Édith. Une version de *La*

Vie en rose figure sur ses albums « Rendez-vous » et « Tour de charme ».

Les francophones d'outre-Atlantique ne sont pas en reste, puisque Céline Dion fut elle-même marquée par Édith, sa grande sœur Claudette, elle aussi chanteuse, ayant consacré deux albums entiers (« L'Hymne à l'amour », vol. 1 et 2 en 1984 et 1985) à l'œuvre de Piaf !

Une chanteuse américaine, Raquel Bitton, a ainsi basé sa carrière sur des adaptations de Piaf et s'est produite avec succès le 15 janvier 2000 au Carnegie Hall, où elle a proposé un répertoire uniquement consacré à son idole !

Il est d'ailleurs intéressant de noter que le succès de Piaf à l'étranger et notamment aux États-Unis ne s'est jamais démenti depuis sa mort, et que son influence s'y fait sentir dans un domaine qui pourrait sembler loin d'elle : le rock ! Aux États-Unis, Édith est considérée par certains comme une chanteuse de blues à la française, l'égale d'une Billie Holiday. Après tout, elle fut la chanteuse de *L'Homme à la moto*, de Leiber et Stoller, célèbres auteurs d'Elvis Presley. Notons aussi qu'elle assista à la fin de 1961 à un spectacle de Vince Taylor (que lui avait présenté Claude Figus), qui se produisait en vedette à l'Olympia. Piaf confia après le show à Paulette Coquatrix : « Ce Vince Taylor, c'est quelque chose ! »... Et Vince Taylor reprendra *Jézébel* en 1965, sur son premier album pour Barclay...

Plus récemment, c'est Willy DeVille qui surprit tout le petit monde du rock en se réclamant de Piaf, faisant le voyage à Paris pour rencontrer Charles Dumont et enregistrer un magnifique album, « Le chat bleu », arrangé par Jean-Claude Petit ! De même, dans les années quatre-vingt-dix, Jeff Buckley se fit connaître en interprétant sur son premier EP une formidable adaptation de *Je n'en connais pas la fin*, puis subjugua le Bataclan avec une superbe version de l'*Hymne à l'amour*. Il déclarait en 1994 à *Rock & Folk* : « Je possède toute l'œuvre de Piaf, j'ai le gros coffret CD publié par Emi. Je comprends très bien cette musique, c'est une musique terrienne, faite par quelqu'un qui vient de la rue. »

Aux États-Unis, un label publia même un album hommage, un *Tribute to Piaf*, comme cela se pratique pour beaucoup de grands artistes, sur lequel se pressaient nombre de vedettes venues d'horizons fort divers : Donna Summer, Pat Benatar, Willy DeVille (avec *Lovers*, adaptation des *Amants*), Emmylou Harris (*No Regrets*), Leon Russell ou Chris Spedding, le rocker ultime (pour *Black Denim Trousers and Motorcycle Boots*, bien évidemment, l'original de *L'Homme à la moto*)...

Les rockers français eux non plus ne furent pas épargnés par cette immense influence, où ils pouvaient puiser des racines plus authentiques pour leur musique (qui en manque cruellement) que chez les risibles yé-yés... Ainsi le groupe Cyclope, qui n'eut qu'un seul tube à son actif, une reprise énergique de l'*Hymne à l'amour*... On assista même à l'émergence, dans les années quatre-vingt, d'un courant dit « alternatif », qui semblait beaucoup plus puiser son inspiration chez les chanteuses réalistes des années trente et quarante que chez Eddy Mitchell ou Martin Circus (au hasard)... Fers de lance de ce mouvement, les Garçons Bouchers, non contents de faire subir les derniers outrages à *Non, je ne regrette rien*, publièrent par l'intermédiaire de leur label indépendant, Boucherie, une superbe compilation, double hommage à Piaf et à Fréhel, intitulée « Ma grand-mère est une rockeuse ». On y retrouvait des artistes aussi divers qu'Étienne Daho (qui obtint un grand succès avec *Mon manège à moi*), Elmer Food Beat (*La Goualante du pauvre Jean*), Rosemary's babies (*Les Hiboux*), les Wampas (*J'ai dansé avec l'amour*), les Betty Boop (*Bravo pour le clown*), Woodentrucks (*Les Trois Cloches*), Happy

Drivers (*La Foule*) et Bernadette Soubirou et ses apparitions (*Non, je ne regrette rien*)...

Pour prouver qu'aucun genre musical n'échappe au charme des chansons d'Édith Piaf, citons cette curiosité : un disque de jazz, interprété par un trio contemporain du nom de Tethered Moon, composé de musiciens illustres (Masabumi Kikuchi, Gary Peacock et Paul Motian) qui reprennent (en instrumental) neuf titres du répertoire de Piaf. Étonnant et symbolique...

Enfin, une certaine Tina Arena, chanteuse populaire qui fait le bonheur des émissions de variétés à paillettes, a réussi début 2000 un immense carton grâce à une petite bluette empruntée au répertoire d'Édith Piaf, *The Three Bells* (adaptation des *Trois Cloches*).

Mais laissons le dernier mot à Édith Piaf elle-même, une profession de foi que peu de chanteurs d'aujourd'hui pourraient énoncer avec autant de sincérité :

« Pour moi, chanter c'est une évasion, un autre monde, je ne suis plus sur terre ! Si je ne brûlais pas, croyez-vous que je pourrais chanter ? La chanson c'est ma vie ! Le jour où je ne chanterai plus, je mourrai ! »

Annexes

Discographie

Les enregistrements en studio d'Édith Piaf se retrouvent intégralement sur deux labels : Universal pour ce qui est des titres enregistrés pour Polydor entre 1935 et 1945, et Emi en ce qui concerne les titres enregistrés pour Columbia (Pathé-Marconi) entre 1945 et 1963.

Chaque marque a publié un coffret de l'intégrale de la période qui la concerne, mais les CD de chacun de ces coffrets sont disponibles séparément.

L'intégrale 1936-1945, Coffret 4 CD + Textes des chansons, *Polygram Distribution (Universal)*

CD 1 : Les Mômes de la Cloche (1936)
Les 18 premiers titres enregistrés par la môme Piaf, essentiellement des classiques de l'époque plutôt truculents (*La Java de Cézigue, Les Hiboux*), mais les premières chansons écrites pour Piaf pointent le bout de leur nez en fin de CD (*Mon amant de la coloniale, Chands d'habits*).

CD 2 : Mon légionnaire (1937-1938)
23 titres qui débutent avec celui qui donne son nom à ce CD : la balance s'inverse entre les classiques « réalistes » ou « fantaisistes » (*Correqu' et Réguyer*) et les chansons originales, essentiellement de Raymond Asso (*Mon légionnaire, Le Contrebandier, Browning*, etc.).

CD 3 : L'Accordéoniste (1939-1942)
La fin de la période Asso, avec quelques-unes de ses plus grandes chansons (*Je n'en connais pas la fin, Elle fréquentait la rue Pigalle*),

l'arrivée de Michel Emer (*L'Accordéoniste*) et l'émergence de Piaf auteur en tandem avec Marguerite Monnot compositeur (*Y en a un de trop, J'ai dansé avec l'amour, Un coin tout bleu*).

CD 4 : De l'autre côté de la rue (1943-1945)
Parmi ces 17 derniers titres enregistrés pour Polydor, deux superbes chansons de Michel Emer (*Le Disque usé* et *De l'autre côté de la rue*) et de nombreuses autres signées Henri Contet (*Le Brun et le Blond, Y a pas d'printemps, Il riait*, etc.).

Tous les titres de cette intégrale datent d'avant l'introduction de la bande magnétique et sont donc des repiquages sur CD de disques d'époque ou de leurs matrices. La qualité sonore n'est donc pas toujours irréprochable.

Il semble qu'Universal ait récemment retrouvé des matrices de bien meilleure qualité de la plupart de ces titres, ainsi qu'un certain nombre d'inédits de cette période. Un nouveau coffret serait donc à paraître...

Pour ceux qui se contenteraient d'une compilation des meilleurs titres de cette période 1936-1945, il en existe plusieurs, qui reprennent généralement plus ou moins les mêmes chansons. Citons à titre d'exemple *Les Plus Grandes Chansons d'Édith Piaf* (Philips/Universal).

La vie en Piaf – L'intégrale 1946-1963, coffret 11 CD (*Emi Music France*)

CD 1 : La Vie en rose (1946-1949)
Vingt et un titres, dont les quatre chansons du film *Étoile sans lumière*, cinq avec les Compagnons de la Chanson (dont *Les Trois Cloches*), une première d'Aznavour (*Il pleut*) et deux chefs-d'œuvre : *La Vie en rose* et *J'm'en fous pas mal* (de Michel Emer).

CD 2 : Hymne à l'amour (1949-1950)
Une excellente période, avec la chanson-titre, bien sûr, mais aussi *Pour moi toute seule, Bal dans ma rue* et *La fête continue* (toutes deux de Michel Emer), *C'est un gars* (de Roche et Aznavour) et six adaptations en anglais, dont *La Vie en rose, Hymne à l'amour, Les Trois Cloches* et *Les Feuilles mortes*.

CD 3 : Je hais les dimanches (1950-1951)
Encore quatre adaptations anglo-saxonnes (dont celles de *Je n'en connais pas la fin* et de *J'm'en fous pas mal*), les neuf chansons de la comédie musicale de Marcel Achard, *La P'tite Lili, Chanson bleue* (de

Piaf-Monnot), le sublime *Padam, padam* et un festival Aznavour : *Un enfant*, *Plus bleu que tes yeux*, *Je hais les dimanches* et *Jézébel* !

CD 4 : Bravo pour le clown (1951-1953)
Le magnifique *Je t'ai dans la peau*, l'amusant *Ça gueule, ça, madame*, l'émouvant *Bravo pour le clown*, dix autres titres de moindre envergure et l'enregistrement du monologue, *Le Bel Indifférent*, réalisé le 25 mai 1953.

CD 5 : C'est à Hambourg (1953-1955)
L'effet qu'tu m'fais, *Heureuse*, *Johnny, tu n'es pas un ange*, *La Goualante du pauvre Jean*, *Sous le ciel de Paris*, *C'est à Hambourg* figurent parmi les vingt-deux titres : un grand cru.

CD 6 : La Foule (1956-1958)
Quatre « tubes » : *L'Homme à la moto*, *Les Amants d'un jour*, *La Foule* et *Mon manège à moi*. Mais aussi des titres à redécouvrir comme *Une dame*, *Salle d'attente* ou *Opinion publique*. En prime, une version en concert de *L'Accordéoniste* (Olympia 56).

CD 7 : Milord (1958-1960)
Six chansons de Moustaki, dont bien sûr le génial *Milord*, une nouvelle interprétation de *Mon manège à moi*, trois titres inédits de la comédie-ballet *La Voix*, mais un répertoire globalement en baisse.

CD 8 : Non, je ne regrette rien (1960-1961)
Deux chefs-d'œuvre de Charles Dumont et Michel Vaucaire, *Non, je ne regrette rien* et *Mon Dieu*, à vous faire dresser les cheveux sur la tête, mais aussi beaucoup de remplissage (des deux mêmes...). Piaf, malade, est toujours une remarquable interprète (*Mon vieux Lucien*, *Exodus*).

CD 9 : Le Droit d'aimer (1961-1962)
Les deux chefs-d'œuvre précités chantés en anglais, *Les Amants* en duo avec Dumont (qui chante très mal) et *À quoi ça sert l'amour* en duo avec Théo Sarapo (qui chante comme il peut), c'est à peu près tout ce qui se distingue parmi ces vingt et un titres tristounets.

CD 10 : Margot cœur gros (1962-1963)
Quatorze chansons très moyennes, augmentées de la maquette de *L'Homme de Berlin* et d'inédits divers.

CD 11 : Récitals Olympia 1955 et 1960
Indispensable : où l'on comprend que Piaf donnait plus face à un public que dans l'intimité froide d'un studio. Les versions Olympia 55 de *Heureuse*, *C'est à Hambourg*, puis de *Je t'ai dans la peau*, *La Goualante*, *Bravo pour le clown*, *Padam, padam*, *Hymne à l'amour* et *L'Accordéo-*

niste (ces six dernières enchaînées !) sont transcendantes. En 1960, outre les géniaux *Mon Dieu* et *Non, je ne regrette rien*, des titres comme *Mon vieux Lucien* ou *La Ville inconnue* prennent une dimension qu'ils n'avaient pas en studio.

Enfin, il existe divers CD d'enregistrements de concerts de Piaf, parmi lesquels on sélectionnera :

Piaf en concert/ Piaf : Documents inédits, 2 CD (*Une Musique/ EMI*), 1993
Un patchwork d'enregistrements des Olympia 1958 et 1962 et, sur le deuxième CD, Piaf qui parle et d'autres (Cocteau, Brasseur) qui parlent de Piaf.

Édith Piaf : Versions inédites en public (*Polygram Distribution*), 1993 (épuisé)
Un double CD épuisé, mais qui vaut le coup de fouiller un peu les bacs à soldes. Des enregistrements (réalisés pour diverses radios) de chansons qu'on n'avait jamais entendu Piaf chanter en concert ou de titres inédits (*Miss Otis regrets* de Cole Porter !), le tout entrecoupé de petits bouts d'interviews et, en prime, un livret annoté par Henri Contet : à découvrir.

Bibliographie

Un grand nombre d'ouvrages ont été consacrés à Piaf, surtout depuis sa disparition, mais beaucoup d'entre eux sont épuisés, comme son « autobiographie » parue en 1958 chez Jéhéber, *Au bal de la chance*. Les titres qui suivent sont, eux, toujours disponibles.

Piaf, Pierre Duclos et Georges Martin, Seuil, 1993.
Probablement l'ouvrage le plus complet, résultat d'un travail minutieux de journalisme. L'amour porté à Piaf et à son œuvre est palpable. Les auteurs essaient de démythifier certains événements, enquêtes à l'appui. Les annexes sont précieuses (séances d'enregistrement, listes de chansons inédites, etc.).

Histoire de Piaf, Monique Lange, Ramsay, 1979.
Une biographie sérieuse, illustrée de nombreuses photographies.

Édith Piaf, « Opinions publiques », Bernard Marchois, TF1 Éditions, 1995.
Un ouvrage qui donne la parole à ceux qui ont côtoyé Piaf. Nous lui avons emprunté plusieurs citations. Bernard Marchois est le président de l'Association des Amis d'Édith Piaf et s'occupe aussi du Musée Édith Piaf, 5, rue Crespin-du-Gast, 75011 Paris.

Piaf, l'ange noir, Louis Valentin, Plon, 1993.
Une biographie romancée qui s'attache surtout aux anecdotes de la vie de Piaf, mettant en scène des dialogues dont on ne sait exactement d'où ils sortent.

Piaf, récit, Simone Berteaut, Robert Laffont, 1969.

Un *must* dans son genre. Momone n'hésite jamais à tordre l'histoire dans un sens qui lui soit favorable et accumule les contrevérités, affabulations, erreurs grossières, etc. Dommage qu'on ne puisse absolument pas s'y fier, car c'est un des seuls récits de première main qu'on ait des jeunes années de la Môme Piaf, écrit avec une gouaille toute parigote. Un bon roman.

Vidéographie

Films avec Édith Piaf

Documentaires

Édith Piaf, Ma vie en rose, *TF1 Vidéo, 55', 1993.*

PIAF, son unique récital filmé en public à Nimègue, 14 décembre 1962, *Proserpine, 52'*

Films de cinéma

Boum sur Paris, de Maurice de Canonge.
Avec Aimé Barelli, Mouloudji, Édith Piaf, Charles Trenet.

Paris chante toujours, de Pierre Montazel.
Avec Luis Mariano, Yves Montand, Édith Piaf, Tino Rossi.

Étoile sans lumière, de Marcel Blistène (sorti à Paris le 3 avril 1946 au cinéma Le Français), René Château Vidéo, 1990.
Avec Édith Piaf, Serge Reggiani, Mila Parély, Marcel Herrand, Yves Montand, Jules Berry.

Montmartre-sur-Seine, de Georges Lacombe.
Avec Jean-Louis Barrault, Roger Duchesne

9 garçons... un cœur, de Georges Freedland.
Avec les Compagnons de la Chanson.

Les Amants de demain, de Marcel Blistène.
Avec Michel Auclair, Armand Mestral, Édith Piaf.

Fictions sur Édith Piaf

Piaf, de Guy Casaril, 1974.
Avec Brigitte Ariel, Pascale Christophe, Pierre Vernier, Jacques Duby, Guy Tréjean.
D'après le livre de Simone Berteaut. L'actrice principale fut sélectionnée par ordinateur...

Édith et Marcel, de Claude Lelouch, 1983.
Avec Évelyne Bouix, Marcel Cerdan Jr, Jacques Villeret, Francis Huster, Charles Aznavour.

Sites Internet

Il n'existe aucun site Internet d'envergure consacré à Édith Piaf...
Les seuls que l'on peut trouver actuellement sont le fait de fans... américains. Ils sont rédigés en anglais et ne présentent que peu d'intérêt.
Alors, à vous de jouer.

Remerciements

Merci à Laetitia Rocca, Marion Guilbaud, Tania Scemama, Renée Ducomet, Reynald « Sous le ciel de Paris » Tescaro, l'Institut Bessière, Nicolas Ungemuth, François Hadji-Lazaro, Philippe Blanchet.

Table

Préface	Dors, Édith, dors… ………	5
Prologue	………………………	7
Chapitre 1	Les premières années : Les Mômes de la Cloche ….	11
Chapitre 2	Papa Leplée - La Môme Piaf ..	19
Chapitre 3	Raymond Asso - Mon légionnaire ………	25
Chapitre 4	Les années de guerre - L'Accordéoniste ……….	33
Chapitre 5	Yves Montand - La Vie en rose ……….	39
Chapitre 6	Marcel Cerdan - Hymne à l'amour ……….	47
Chapitre 7	Jacques Pills - Je t'ai dans la peau ……….	55
Chapitre 8	Les années noires - Non, je ne regrette rien …	61

Chapitre 9 Théo Sarapo - À quoi ça sert l'amour ? 67
Chapitre 10 Les héritiers 73

Annexes
Discographie 81
Bibliographie 85
Vidéographie 87
Sites Internet 89
Remerciements 91

DANS LA MÊME COLLECTION

Les Beatles – n° 324
par François Ducray

Le blues – n° 359
par Stéphane Koechlin

Bowie – n° 266
par Nicolas Ungemuth

Georges Brassens – n° 295
par Florence Trédez

Coltrane – n° 267
par Pascal Bussy

Miles Davis – n° 307
par Serge Loupien

Jacques Dutronc – n° 343
par Michel Leydier

Gainsbourg – n° 264
par François Ducray

Jimi Hendrix – n° 342
par Olivier Nuc

Billie Holiday – n° 358
par Luc Delannoy

Bob Marley – n° 278
par Francis Dordor

Les musiques celtiques – n° 294
par Emmanuelle Debaussart

Les musiques cubaines – n° 279
par François-Xavier Gomez

Édith Piaf – n° 384
par Stan Cuesta

Le raï – n° 348
par Bouziane Daoudi

Le reggae – n° 366
par Bruno Blum

La techno – n° 265
par Guillaume Bara

Charles Trenet – n° 306
par Pascal Bussy

Composition IGS-CP à Angoulême
Achevé d'imprimer en Europe
à Pössneck (Thuringe, Allemagne)
en mai 2000 pour le compte de E.J.L.
84, rue de Grenelle 75007 Paris
Dépôt légal mai 2000

Diffusion France et étranger : Flammarion